造城时代的爱情

Love of Construction Era

姜竹青 著

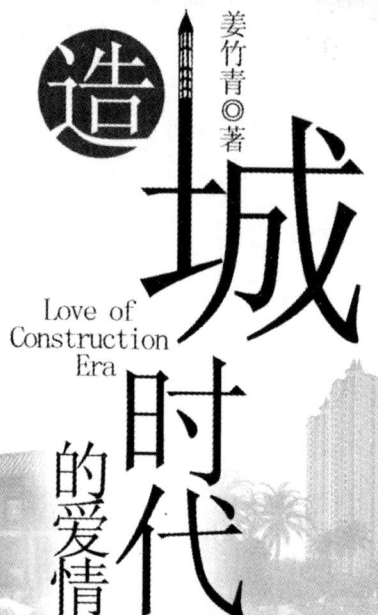

群众出版社
·北京·

目录
Contents

第一章　消失的恋人
　　一、失踪 / 1
　　二、天降横祸 / 3
　　三、初见 / 8
　　四、怒海微澜 / 10
　　五、情之所起 / 16

第二章　不可再生资源
　　一、祸不单行 / 22
　　二、出手相救 / 23
　　三、皆为利 / 30
　　四、信访办 / 34
　　五、群众集体上访事件 / 36

第三章　截访
　　一、县委书记 / 44
　　二、逃亡 / 47

目 录
Contents

　　三、丽江邂逅 / 51
　　四、心动 / 56

第四章　　黑恶势力
　　一、劫持 / 60
　　二、稀世之美 / 62
　　三、原视角 / 65
　　四、黑手 / 71
　　五、葬情 / 76
　　六、妥协 / 81
　　七、十八岁恋爱观 / 85

第五章　　出卖
　　一、出人意料的剽窃 / 91
　　二、无条件调查 / 95
　　三、阴谋的艺术 / 100
　　四、反击 / 102

目 录
Contents

　　五、竹篮打水 / 103
　　六、以恶制恶 / 105

第六章　谋杀
　　一、情妇的价值 / 110
　　二、落网 / 114
　　三、竞标重启 / 121
　　四、镇长之死 / 124
　　五、深湖迷雾 / 126
　　六、重逢 / 131
　　七、赃款 / 140

第七章　反戈之变
　　一、爱人 / 143
　　二、短兵相接 / 148
　　三、决议 / 151
　　四、退标 / 152

目录
Contents

五、价值观 / 158
六、血战 / 162
七、胜者为王 / 170
八、尘封往事 / 174

第八章　谁是凶手
一、两难抉择 / 180
二、同盟 / 184
三、残酷的爱情 / 187
四、一点儿公正 / 192
五、真相大白 / 197
六、爱与伤害 / 205

尾声
一、忧患的现实 / 210
二、回到海南 / 212

第一章 消失的恋人

一、失踪

我茫然地站在七月浓釉的夜色里，花香随轻风浅淡地抽打着我的额头。在到达这个城市三个小时后，我终于意识到，她失踪了。

开始我以为只是信号问题，在接机人群中穿梭着喊她的名字，到播音室广播寻找她的消息。一小时后，我开始惊慌，想到她出了车祸。我拖着箱子在机场里搜寻，甚至打电话报警。警察用满不在乎的口气说，肯定是临时有事来不了，满二十四小时才能报案。

警察当然不能了解我的不安。是什么原因能让在起飞前还通着电话的我们，在三个小时后突然失去了联系？

我几乎拨了一夜手机，也许睡着过，但

思维的幻象一刻未停。回忆停留在昨天、前天，脑海里不断涌现各种怀疑、猜测与解释，早晨起来发现自己面色灰白，全身汗津津的。

中午，我打起精神去市政府参加市委书记任达的招待午宴，其间拨打114查崇原艺术学院人事处，找美院教师苏晓沐。人事处的工作人员告诉我，整个崇原艺术学院也没有叫这个名字的老师。我只好去派出所报案。

"说说情况。"警察说。

"我昨晚七点半到云河，我女朋友说好来接我，但是下飞机后，我就找不到她了，她的手机一直不在服务区。"

"和她家联系了吗？"

"我没她家电话，只有她的手机号。"

警察摇摇头说了句什么，因为是崇原话我一点儿也没听懂，但从他的肢体语言上我已经判断出他不打算受理这个失踪案。我急了，拉开包把里面的东西一样一样往外掏："您看看！这是我的证件！这是刚从市政府拿到的项目书！她是我女朋友不是网友，不然我报什么案！在飞机起飞前我们还通着电话！"

警察翻看一遍我的证件，问："你想怎么找？"

"您能帮我查户籍吗？"

警察想了想，坐到电脑旁说："叫什么？"

"苏晓沐！江苏的苏，破晓的晓，沐浴的沐，1980年4月9日出生。"

接下来的几十秒好像特别漫长，警察终于把目光转向我："没有记录。"

"怎么可能！你……你这是……云河市吗？"我结结巴巴语无伦次。

"是整个云河市的户籍资料。"

不可能！她的生日，是我陪她过的。在她过生日的时候，她妈妈和表姐都打来过电话，我听得清清楚楚！我说："也许是年份记错了，但月和日是绝对不会错的！麻烦您把年份去掉，再找下4月9号的生日。"

警察又重新敲了几下键盘，等了会儿，说："没有合适的记录。"

我懵了，疼痛直抵心脏，像一把锯条在心头缓缓地拉锯。我说："您能找下所有叫苏晓沐的人吗？三十五岁以下二十五岁以上的……"

警察抬起头，目光如炬从我脸上扫过，灼得我脸皮硬生生地疼。好在他够有涵养，没有痛斥我，只是说："你这种情况我们没法找，你想其他办法吧。"

我头昏脑涨地从派出所走出来，眼睛不由自主盯着来往行人，盼望那熟悉的身影能突然跃入眼帘，理智又告诉我这绝不可能。路过一个网吧，我急忙进去登录QQ，期待也许她能在网上给我留言。

没有留言。我点开她的对话框，大吃一惊！她的QQ秀竟然变了！一个女孩儿穿着暗红色的衣服，在夕阳下昏暗的湖水边双手交错。那背景阴暗不明，好像还写着字。我点开背景，终于看清了，那上面写的是——此恨绵绵无绝期。

二、天降横祸

夜深人静，十谋县永昌镇和新村的村民牟海良被一阵轰隆声惊醒。他推了推老伴，老伴也揉揉眼睛坐起身。突然又是一声巨响，房子好像被重物撞上，狠狠晃了一下。两人吓得从床上跳起，牟海良来不及开灯摸裤子套上，纷乱的脚步声已到门前。门咣当一声被踹开，一群人闯进屋，几道电筒光直射到脸。

"整哪样……"老伴刚嚷出半句，一名壮汉阔步上前一个嘴巴，把老伴从床边打摔在地。两只大手从黑暗中伸过来按住牟海良的头和脖子，把他揪到院子里。牟海良使劲儿把头仰向西屋，小儿子牟立新光着膀子从门里踉踉跄跄出来，几个凶神恶煞般的男人跟着蹿出来，一人把一只手机狠狠摔在地上，另两个抡起棍子朝牟立新裸露的身体砸去。棍子砸在腰腹间，牟立新像被拦腰截断一样摔倒在撞碎的罗汉果花盆上。打手们踏着花枝冲上去猛踢牟立新的身体，边踢边骂："报警！踹死你个傻逼！"

牟海良嘶声喊道："别打！别打！我们不报警！求求你们！"老伴呼号着扑向在地上翻来滚去的小儿子，却被抓住头发抡向围墙，一面院墙轰然倒塌，断墙的砖瓦几乎砸在她身上。挖掘机的铁臂毫不犹豫地插进未塌的墙体，墙裂开大缝，在铁臂抬起时四分五裂。

暴行在持续，坡上几家院房被夷为废墟之后，挖掘机大摇大摆地开走，骤然宽阔的视野外，阿罗家老奶和李兴家媳妇的哭嚎声隐隐传来。一会儿，开来两辆卡车、七八辆越野车，打手们上了车，风驰电掣般招摇着呼啸而去……

坝子里的窗户接二连三地亮了，村民闻讯赶来，有人打了报警电话，警车响着警笛姗姗而至，车上下来两个警察，人们呼啦一下围拢过来。

牟立新想撑起身体，但腿打着滑不听使唤，从鼎沸的人声里，他能分辨出妈妈和邻家阿奶已经嘶哑的哭诉声。警察则异常冷静，在哭诉的间隙不紧不慢地询问，仿佛几户人家半夜被毁，像丢只白鹅一样平常。有人试图扶起牟立新，他说："不，别碰。"他不敢动，一动就痛。那人扭头喊："阿新伤得重！快送医院！"爸妈向他跑来，妈妈拖着腿，腰一扭一扭地姿态可笑。他们的脸变形地伸到他面前，杂乱的声音在头顶上方爆响。一会儿，村支书把自家的车开过来，众人七手八脚把牟立新抬上车去。

车灯晃了一眼断壁残垣中灰败的人们，扭头开上公路，又照亮李梁河水细碎的波光。任何一点儿晃动都让牟立新痛不欲生，在昏迷之前，他想起小时候挖蚁洞的情形，翻开泥土一直向下，拨开蚁道，成群蚂蚁慌不择路拥挤攀动，几只蓦地飞起在洞口盘旋，惊惧地扇动白亮透明的翅膀，在阳光下四散奔逃无处遁形。

此刻，我正靠在酒吧宽大绵软的沙发上，直勾勾地盯着手中的高脚杯，杯中的鸡尾酒在暧昧的灯光下清澈盈绿。我身边的人们爆豆般高亢地讲着当地土话，我听不懂，但很愿意让他们说下去，我需要他们的喧闹掩饰痛苦，整理纷乱绝望的思绪。

当我看到苏晓沐的QQ秀，就知道她是在告诉我什么。她经常在QQ秀上放自己的画作，我早已习惯通过QQ秀来判断她的心情。

就在昨天我收拾行李的时候，她才换了新的QQ秀，清纯女生、碧蓝海水、椰树海滩。看到那清新的画面，我心里甜丝丝的。在海南的那些美好时光，每一分，每一秒，都让我心中充满眷恋。我想她一定和我一样，每当回想起我们的相识相逢，一起度过的快乐时光，她的脸上会露出浅浅的笑容。这些记忆，最终会让她愿意和我共度此生。

各种细节暴动般在我脑海里乱窜，那个充满悲伤的QQ秀让我伤痛难忍。既然她有时间换秀，就说明，她知道不能来接我。是在飞行时发生了变故还是她早知如此？如果她早就知道，她曾经对我说的一切就都是假的。

从她回云河,她就一直用现在这个手机和我联系,我也曾问过她固话号码,她说家里一直没装电话。现在我才发现,除了这个无法接通的号码,我对她实在是一无所知。

此恨绵绵无绝期。

她觉得对不起我,觉得歉疚?

……

"帅哥,你发表哈意见!"黎莹突然叫我。

"不好意思,你们刚才说的我一句都没听懂。"

"对不起对不起,说着说着就忘了,西山的别墅,从去年年底的六千五涨到现在的九千三,你说他俩买不买?"芬姐问。

我打起精神说:"五月份中央提出了GDP保八,全国房地产立刻疯涨,房地产是保八的保证,我想今年之内应该是涨的。"

"今年之内!我们又不是做股票,现买现卖。"黎莹说。

"就算是看长线,十年之内,房产的保值效果也比人民币好,中国的房产市场是刚性需求,别听网上瞎咋呼,总和日本崩盘比。"

"报上说房产市场泡沫严重,开发商实际成本很低,国家要打击房地产暴利。你怎么看?"彭济元问。

"扯淡。四月份社科院出了份蓝皮书,说中国市场没有刚性需求,明年保障房集体入市,市场价格会真正下降。当时任志强站出来和社科院对骂,许多网民跟帖跳脚骂任志强的十八代祖宗。五月份,突然之间,房价启动,进了六月,广州、深圳、上海、北京,到处都是地王,一浪高过一浪,社科院不是把老百姓忽悠了吗?至于说成本,上个月博鳌论坛,还是任志强说了句话,公布开发商成本等于公开老婆胸围。"

黎莹眨巴眨巴眼睛望着我,忽然说:"真缺德,他咋不说公开他小弟弟尺寸呢!"众人一怔大笑,芬姐一口酒差点儿喷出来。

这几个人是芬姐请来为我接风的。坐在芬姐左边笑得前仰后合的美女叫黎莹，是某知名酒业驻崇原办事处的老总。芬姐右边面带微笑淡定自若的男人叫彭济元，是云河中元广告公司的董事长。他个子不高，其貌不扬，衣着也极为普通，话语沉稳低调，只有腕上的江诗丹顿限量版手表，显示出他的财力与品位。

芬姐全名于季芬，现任市建设局副局长。坐在我身边微微摇头的男人叫韩博群，是芬姐原来的同事，现任省规划局副局长，主管建设用地规划。虽然我竞标的土地属于市辖，但省里的影响还是不容小觑。

黎莹招呼服务生换杯子，韩博群看看表说："后半夜了，咱们回家吧。"

我独自回到酒店，仍然辗转反侧无法成眠。好容易熬到天光大亮，我早早来到附近的联通营业厅等到开门，坐在看起来最好说话的一个业务员的号台面前，说："我要充值打清单。"又说了苏晓沐的手机号。

"你记得密码吗？"

"不记得，好像就没改过。"

"那可不行，我们没法打。"

我拿出身份证说："这是我的证件，我现在登记，我原来买卡的时候没登，你现在可以复印我的证件留底。"

女孩儿想了想，拿了我的证件去复印，回来后，给我打出了话单。

只有五月和六月的，她五月回的云河，换了这个手机号，现在是七月，新话单还没出来。

我坐在营业厅的一角，拿着话单，手无法控制地颤抖，话单上所有号码都是相同的——我的手机号。绝大部分是我打给她的。

我们之间向来是我需要她多,她需要我少,也许她从来就没需要过我。但我们没有任何利益关系任何矛盾,她到底有什么难言之隐不能当面说清楚,非得用这种方式不辞而别?她对我说的最后一句话像魔咒一样不停地在我耳边回响:"你从出口出来,往人群后走,我在人少的地方等你。"

那说话的语气、态度、音节的转折起伏,没有一丝一毫显示出她要骗我的迹象。不,我不能相信,她绝不会无缘无故地失踪!我们相处那么久,我疯狂地迷失在她的世界里。也许她对我有所隐瞒有所保留,但就我们目前的关系,她这么做也无可厚非。在我们相处的过程中,她从来都是说到做到,从未失约,她既然说等我,就一定是真的!

三、初见

今年年初,我和导师、师兄两家相约去海南度假。在南山寺,师母去上香,我和导师、导师的女儿雨珊在寺门外的海边闲逛。那天的阳光非常耀眼,天空湛青,我们站在山崖之上,对着碧波无垠的南海心胸开阔。雨珊忽然抬手示意,我和导师循她所指望去,看见一位长发女子的侧影,她正在几棵古松蓬大的阴影里对着大海写生。

我立刻懂得了雨珊的惊讶,那女子面前的画板,比我见过的普通画板大五倍有余,比厨师的大案板还大,粗壮程度远超她细挑的侧影。更令人惊诧的是她的手在画板上的速度,简直是在变魔术,也就是我们向她走去的几十秒,画上出现了动荡广阔的海流、嶙峋的突岩、岩石上的藤蔓,藤蔓从岩石上垂下,她又用铅笔细描了几道,立刻变成幽暗的深渊。那真是奇妙,她手臂优美地悬在半空,肌肤的曲线、色泽、呈现的物理形态全部完美无瑕,铅笔在她修长白皙的手指间快速移动。我不由自主地向她走去。

雨珊比我先到达,她站在画板旁边,那女子侧过脸扬起头,和雨珊相视而笑,神情平和友善。导师不知何时在我之前站到她身边,挡住我的视线,我只能站在导师背后,透过他俩形成的空隙看部分画板。突然,我像被核爆炸的震荡波轰然击中,从皮肤表层到心脏瓣膜,一层层收缩战栗。仿佛天外之音,我听到一个无比美妙的女声。

我根本没听清她和雨珊在讲什么,她的声音响起的一刹那,我的心猛烈跳动。我的耳朵过滤掉了除她以外的所有声波,在她的声音到达耳膜之际瞬间石化。她站起来面对我们,我终于看到了她,身材高挑,长相端正,素面朝天,脸色有些不健康的苍白,眉头之间有道细细的线,表明她习惯眉心微蹙。她微笑着对我点了点头。我立刻心生妒忌,不明白她对雨珊和对我的态度何以有天壤之别。她对雨珊温和亲切,完全不设防,她的善良柔软让我心生向往;转向我时,她却自然而然生出巨大鸿沟,谨慎内敛,礼貌而疏远。

我主动向她伸出手,和她礼节性一握后迅速收回。我说:"我叫徐曦朗,这是我的导师和师妹。您怎么称呼?"

"苏晓沐。"她微微一笑再次点头,声音有种奇异的难以言述的魔力。

"您的作品真是……太让人惊讶了,所以我们才冒昧打扰您,我导师是设计工程学教授,我和师妹都是工程专业。多年前导师就强调我们的手绘能力、手绘速度,在素描上我们也都是下过工夫的,但您的技术,还有艺术内涵,我只能说叹为观止。"

"谢谢。"她微笑倾听，惜字如金，感到了我们的真诚，眼睛里闪着喜悦的光芒。

雨珊和导师邀她和我们一起吃晚饭，颇有结纳之意。见她同意，我急忙说："你什么时候画完，我来接你。"

"谢谢你，我已经雇了人，要他把画板带下去，我们在大门口见面吧。"

接下来的时间，我被不可名状的激动填充得饱满异常，直到在大门口看到她的身影，一下午的焦虑才变成狂喜。

从交谈中得知，苏晓沐是高校油画系的教师，到海口交流，正在准备一件大型作品出国参赛。来三亚只是为了写生，过几天就回海口。路上我不敢再发一言，我特别害怕一开口就会暴露心情。

我们坐在饭店三楼的包间里，窗外是落日辉映的三亚湾。海天交接之处，火红、深橘红、浅黄与暗红交织闪耀，色彩之外的灰蓝天空上，白色星辰清晰可见。在我们的惊叹中，苏晓沐打开大画夹，让我们在落地窗边自然对坐，落日的余晖把所有人都照得金灿灿的。苏晓沐下笔畅快淋漓，一张速写很快完成：我和师母侃侃而谈，雨珊美目流转，导师侧着头眺望远海。整张画生动祥和，充满了安宁的生活气息。

四、怒海微澜

雨珊和苏晓沐很快建立起友谊。接下来的两天，我们又约苏晓沐去了蜈之洲岛。

在苏晓沐写生的时候，有时是我和雨珊，有时是我独自在旁边长久地沉默观望。她很快会沉浸于忘我的境地,那时,我就得以饱览她的全部。蜈之洲的蓝天蓝得没有一丝白云的痕迹,海风耀眼地抽打着衣服。我不知自己如何得以遇到她,如何得以窥见这些极致之美,如果时间静止,和她安然相对,我今生再无所求。

从蜈之洲岛回来,我的师兄李思齐和他太太付敏也到了三亚,我们开始了大家期盼最热烈的节目,乘船出海,钓鱼潜水。

我包了条游艇,船老大阿彪和我三年前就认识了,他原是三亚本地的渔民,后来靠旅游业发了家。考虑到我带的都是非专业人士,我又找来了本地最铁的哥们儿小杜护航。小杜就职于三亚专业的潜水公司,是 CMAS,国际潜水教练。

当站在船头的小杜向我们招手时,雨珊和师兄的太太付敏哇的一声叫起来。小杜中等身材,栗色的皮肤闪着黑巧克力般柔和健康的光泽,光滑得像缎子一样,结实的肌肉层层清晰可见。估计小杜对女人们的惊讶早已习惯了,他跳上岸,拉下船板,笑着和大家打招呼,举手投足矫健灵活,一口整齐洁白的牙齿在阳光下明晃晃闪动。

风平浪静,阳光耀眼,我们的船驶向南海,四十分钟之后,西洲岛的轮廓在碧蓝海天之间渐渐浮现。西洲岛附近是暗礁和软珊瑚群,海水清澈,能见度达到十几米,是潜水的好地方。我们的游艇在离岛大约一公里半的海中抛锚,阿彪架上几根海竿,师母没来,导师不想下水,苏晓沐既不会游泳更要写生,他俩便留在船上负责钓鱼。其他人换上潜水服,游到岛附近的潜水点,小杜指导,我在旁保护。

海水清澈,五颜六色的热带鱼在身边游来游去。雨珊和付敏一会儿就掌握了吸管的使用,师兄却是连连出错,总是让海水灌进吸管,被呛得狼狈不堪。他只好卸下吸管改游泳。游了一会儿，又说潜水服压得自己喘不过气，我便护送他回船，让他换下潜水服。

上了船，导师和苏晓沐在阿彪的指导下已经钓上七八条鱼，阿彪还套了几只龙虾和海胆，敲了不少牡蛎。师兄一向爱吃，馋得口水都快流出来了，要帮忙打下手。阿彪端出炭火炉，从保温箱里拿出冻得硬邦邦的各种烤串，让我招呼小杜他们回来吃饭。我脱下潜水服，一个鱼跃扎入海中。听到苏晓沐在背后吃惊地叫了一声，在透心的凉意里，我的身体斜冲向下，惊开一群五彩斑斓的小鱼。

我在深海的碧波里像鱼一样滑过，游到礁岩旁，和小杜一起，带着雨珊和付敏慢慢游回来。上了甲板，迎面一阵扑鼻的烤肉香。苏晓沐给我们拿来浴巾，她递给我时，有些羡慕地望着我。我能感到她的羡慕也是与众不同。许多女人羡慕时，是希望得到她所仰慕的男人力量的给予和保护，把强壮据为己有；苏晓沐的羡慕是，她清楚自己无法做到，却不想以贪心女人的方式获得，她只是羡慕。

在美如仙境的南太平洋上，我们这群幸福的人举杯、欢笑、聊天、享受着丰盛的大餐。我时不时瞥一眼苏晓沐，就算不看她，交感神经也关注着她的一举一动。她给我递来纸巾，我给她递过去烤串，每一个普通的动作都让我感到催眠般的快乐。

下午时分，阳光暗了下来，远处的天空已经浮上团团积雨云。我和大家商量早点儿回去以防变天。阿彪抬头看天说，两个小时内雨是到不了的。师兄这会儿来了精神，说刚才没游好，这么回去太遗憾了，非得要再去看看美丽的软珊瑚群，想拾块珊瑚带回去。我的游泳技术不差，于是决定陪师兄再游一趟。

这一回，师兄没穿潜水服，只是为了预防手脚划伤戴上手蹼穿上水鞋。他一路游得兴高采烈，到了潜水地点，憋着气把头埋在水里看我找珊瑚。我搜索半天也没找到一块合适的，看看表已经过了四十分钟。师兄游泳速度慢，我怕他体力不足让他先回去，自己则向北面另一片海中暗礁游去。

这片水域真是美极了，五彩斑斓的鱼儿在阳光折射的一道道光柱中穿梭。我全神贯注地搜索着水底，忽然，我觉得有些不对，浪涌正在变大，水中的阳光也快速暗下去。我浮出水面，突然听到了师兄的声音，他一边喊我，一边惊恐地望着天空。他竟然没听我的话往回游，跟着我游过来了！

就在我们看天的工夫，厚重的乌云压到头顶，还没等我们反应过来，海面上已经掀起一人多高的大浪。我瞬间被抛到了浪峰上，师兄也失去了踪影。我尽力随波逐流，在被巨浪抛高时寻找师兄的踪迹。突然，我看到了师兄，他胖大的身躯嵌在一面巨大的浪墙里被高高地抛向空中，又像稻草一样落在礁石上。我拼命游向礁石，看到浑身鲜血淋漓的师兄正试图爬起来，突然一个巨浪又狠狠把他拍在礁石上。

我和师兄只隔几米，想要会合却困难重重。我拼尽全力刚刚扒住礁石的边缘，就被铺天盖地的海水埋在里面，巨大的压力几乎让我窒息。我死死抠住礁石的缝隙，才没被大浪卷回海里。

我爬到师兄身边，他身上的伤口触目惊心，都是几寸长的大口子，翻着白肉渗着血泛着油光。他右手的手蹼已经不见了，白胖的小手死死扒住一块礁石的棱角。我迅速脱下我的手蹼让他套上，对他喊："快跟我往高处爬！"师兄艰难地撑起双腿，他的膝盖已经血肉模糊。我左手拉住被海浪撞得摇摇欲坠的师兄，抠住礁石的右手钻心地疼痛。我已经顾不得这些，一拨浪过去后，我奋力拉着师兄向高一点儿的地方爬去。我对师兄喊："坚持住！"

师兄喊："船会过来吗？"

"会！但是他们不知道我们在这里！我们得坚持住……"

其实我在骗他，只要有一点儿常识就知道，这种大风浪里，小游艇很容易翻，只能在原地抛锚，即使吨位大一些的游艇，也不能靠近暗礁群。

浪更大了，一道闪电划破黑云，雨倾盆而下。我知道，现在时间就是生命，我必须回船求救。师兄的伤势严重，海水不会让伤口发炎，雨水却会。即使他不受伤，以他的游泳技术，也根本不可能在这大风浪里游回船上。

我对师兄喊："你等着！我把船带过来！你就在这位置不要动！懂吗？"

师兄喊："不行！你不能去！太危险！"

"等着……"我重回海里，按着指北针的角度，向船的方向游去。在巨浪狂暴的时候，我把身体交给大海，任它抛，任它扔，在脚底有暗涌时，我拼命摆脱漩涡的吸力。我游得几乎虚脱，终于看到了船的影子。船在风浪中摇摆，没人看见我，我也看不见人，我试着喊了一声，声音淹没在风浪里。

我小心靠近，抓住了舷梯，挣扎着往上爬。我的头露出甲板之后，小杜发现了我，扶着船栏过来拉住我，我终于爬到了甲板上。

除了小杜和阿彪，所有人都趴在甲板上。付敏眼泪汪汪的，看到我刚想张嘴，忽然哇的一声扭头抓着船栏对着海狂吐。雨珊扶着导师，苏晓沐脸色苍白，双眼紧闭，趴在船中央的控制台旁。

我对小杜喊："你和阿彪去救师兄！在刚才潜水的位置北偏西十二度四百米左右的礁石群！"

"浪太大！已经脱锚几次了！你能行吗？"小杜的意思是我能不能控制住船

如果脱锚，这么大的浪，意味着船可能会翻。虽然我体力已经透支，可我不能不顾船上这么多人的安危。我咬咬牙说："你跟我去！"

我重新回到海里的时候，刚刚聚集起来的一点儿力量立刻就被海水吞噬了。黑暗似乎永无止境，我任由风浪拍打，要不是小杜和我之间忽紧忽松的绳子，我甚至以为我已经跟海水融为一体。到达礁石群的时候，受伤的师兄接近昏迷，说不出一句完整的话，扳着礁石的手臂也已僵硬。小杜把救生衣给他穿上，用绳子拴住他，我们俩拖着师兄，在暴雨和巨大的浪涌里挣扎。我时不时看一眼师兄，看他是不是还活着，我真怕哪个巨浪下来，呛死他，压死他。当我们游到船下，在水中看着阿彪和小杜把师兄拉上甲板的那一瞬间，我眼前一黑，几乎沉入大海，好在小杜下水托起我。当我躺在甲板上，好像只有几秒钟的时间，我就像睡着一般昏厥过去。

我再一次睁开眼睛的时候，看到的第一个人竟然是苏晓沐。

她和雨珊坐在窗旁，正在轻声交谈，热烈的阳光被乳白暗花的窗帘过滤得柔和而舒适，我虚弱无力地轻轻叫了一声："喂——"

"啊，醒了！"她俩一起走到床边，喜悦地注视我。

光亮朦胧地落在苏晓沐的脸上，我轻轻地、有些沙哑地对苏晓沐说："苏晓沐，我喜欢你。"

"哇！"雨珊惊喜地扯了扯苏晓沐的衣襟。

苏晓沐愣住了，像是没听清似的，又好像一时无法组织语言。我继续轻声说："从第一眼见到就喜欢，我是认真的。"

"不……对不起，抱歉，我们恐怕是……没可能，真的……你刚醒，我不应该这样，不过我不能骗你，不能让你在我身上浪费时间。"她为难地皱起眉。

"我懂。我不在你的计划之内,但你在我的计划之内。"

我不再看她,闭上眼睛想,只要我活着,只要她知道,就已经很好了。不管她现在作何感想,未来总会有机会的。我最擅长的,就是把不可能变成可能。

五、情之所起

我出院后不久,导师和师母回了北京,师兄一家和雨珊搭伴儿从北京回美国。在海南的最后几天,只剩下我和苏晓沐,我们花了许多时间交谈。

苏晓沐说:"我请你不要把感情和时间浪费在我身上,因为我知道,如果你喜欢我,你必然会有期待,可这种期待没有结果,我不可能和你在一起。虽然你说我们可以做好朋友,我可以自由地选择他人,你在意我的幸福,表面上这句话很打动人,很显示你的诚意,我不知道这是你用来打动我的外交辞令呢还是你的真心,两者我都不能接受。你想想看,如果你是真心的,你让我对你的付出泰然处之却不能给予回报,你把你的感情从一开始就摆在一个无私的、高高在上的位置,你想没想过,这对我是不公平的,我为什么要接受这种不公平的待遇?我觉得爱情都是自然而生发自内心,虽然我不能具体描述我要什么样的爱情,但我知道我不要什么,你不能给我我想要的爱情。"

我看着她,瞠目结舌,她的话有些我不能理解,有些从未想过。

"你知道吗?你总是把你的谈判技巧用在任何地方,当然很多时候是无意识的。你说话很得体,很懂得怎么说服别人,但感情不是谈生意,不是达成协议履行义务就可以。我不想看到有任何技巧掺杂的感情。我不适合你,真的,你需要一个和你有同样技巧的女人,你们才会幸福。"

我仍然不知道怎么回答,只能狂热地注视着她,在她说话的时候,我一遍遍告诉自己我要的就是她。我说:"好,从今以后,我就不用技巧,只和你说真话。我喜欢你,我们在一起的每一分钟,我都比前一分钟更确定我喜欢你。我追求你,这是我的决定。你不能阻挡我以及喜欢你的任何人喜欢你,因为喜欢一个人,首先是利己。你同意我成为你的朋友,对我来说,已经是受了你的恩惠,因为是我需要你,不是你需要我。喜欢你是我的权利,你喜欢谁是你的权利,所以你当然是自由的。至于说如果有一天你喜欢上其他人,我除了为你高兴又能怎样?而在你爱上别人之前,我会努力争取让你爱上我。这样说,你能理解吗?"

"你身上有许多我欣赏的优点,而且我们还是蛮谈得来的。我身边能够交谈的朋友很少。不过我们的关系只能做到好朋友,我不想因为渴望友情而误导你。"

"明白,那就让我们两个好朋友好好玩最后几天吧。"

接下来的几天,我们逛街、找美食;她在海边画画,我在海里游泳;我打篮球,她在场边为我加油;她看悲情文艺电影,我负责给她递纸巾。

她悲观,我乐观。她傻,我奸。她买东西不会讲价,我可以往死里砍。她很谦让,宁可自己吃亏,也不和别人发生争执。我很强势,谁服务不好我就投诉谁。她淡泊,我功利;她直率,我圆滑;她清高,我随和。她大笑的时候眼睛弯弯的,很爽朗很喜庆,每当那时我就希望时间停止。她对着画板安静忘我的时候,眼睛里偶尔闪现的沉思的痛楚又会让我有抱紧她的冲动。我真想让她靠在我怀里,做个傻乎乎的姑娘,把一切都交给我。我一定会保护她，让她在我的臂弯里无忧无虑地度过一生。

几天后，我的假期无法再延长，只好回到北京。我天天给她打电话，缠着她，黏着她，揣摩她的心思，讲有趣的故事，我把她大笑的次数作为我们通话质量的指标。我请求在她工作的时候可以和我视频，就像在海南她画画时我在她身边看一样。经常，我处理一会儿文件，抬起头，看看画架前她专注的侧影或背影，心里便充满了安宁。

我经历过不同的女人，也有过刻骨铭心的爱情，在我的经验里，女人对男人的依赖、被征服的需求在苏晓沐身上没有一丝一毫的体现。她的外表，是柔软得那么极致的一个女人，内里却包含了坚固的心。她对任何事物都保持独立思考的习惯，有着能时时触碰的思想力度，温和却态度坚决。

我对她越了解，越有种撞到宝的感觉。我的思念也是与日俱增。4月9号是她的生日，我早已准备好给她惊喜。7号，我飞到海口。我没去过她海口的家，只知道大致方位，是在海秀路上的银龙影院附近。我到了电影院门口，打电话问她在哪里。

她说："我在肯德基吃冰淇淋，海口好热呢。"

"哪里的肯德基？离家近不近？这么晚安全吧？"

"就是我家附近的肯德基，在海口最繁华的商业街上，电影院旁边，很安全。"

我一边和她讲话，一边进了电影院旁边的肯德基。我看到她，她也看到了我。

她的眼睛睁得大大的，一瞬间全身溢满笑意。她站起身，我向她奔过去，不由分说抱了她一下又迅速放开。我说："是好朋友的抱！"

她笑着说："好吧，你怎么来了？"

"休七天假，来给你过生日。"

"啊？那我得好好请请你！"

我们笑着一起走出肯德基。她穿了粉色小衫，纯白的公主裙，平底儿的粉色太阳花凉拖，在夜晚的清风里美极了！她陪我去她家旁边的酒店办了入住，又邀我去她家坐坐。我随她进了屋，忽然惊呆了。

明亮的灯光下，一间三十多平方米的大客厅，空荡荡地放着一高一矮两架梯子，上面的木平台上放着颜料和画笔，长的一面墙上，钉着一幅满墙的巨大油画。

两座对峙的山峰兀立于无边无际的黑蓝湖水里，中间是一轮暗血狰狞的夕阳，把它下方的湖水染成惨淡的带着一丝明亮的血红。在这血红之外，湖面上的黑色波纹动荡着，水下若隐若现无数绝望的、空洞的眼睛，是变形的人形，苍白的死人。这些人形在水下飘忽。山峰之上是靛青色的云层，它们翻卷重叠互相撕扯，重重压迫着阴暗的峰尖。

我愉快的心情瞬间消失殆尽。苏晓沐察觉到了，推开旁边的门带我进了另一个屋子，是书房，一张木桌上放着笔记本电脑，一张升降旋转皮椅，还有可爱的浅黄色玩偶布艺沙发，电脑旁是精致的便签和笔筒，窗台的花瓶里插着几种鲜花。

我顿感愉悦，嘘了口气说："那就是你准备参赛的作品吧？画的是什么主题？"

"这幅画的名字叫《破晓之日》，主题是死亡。不是你喜欢的风格。"

"为什么和死亡联系在一起？"

"死亡是归宿。"

"死亡是在我们周围此起彼伏，可我们的世界不是照样生机勃勃？"

"这就是悲观主义者和乐观主义者的认知差异了。死亡一直是我喜欢描绘的主题,不过认识你之后我也开始反思是不是有把阴暗扩大化的倾向。刚才突然看到你的时候,我理解了惊喜的明亮感、欢快感,像色彩一样,我有了梯度比,谢谢你,是你影响了我。"

她过生日的当天,我邀了小杜,我们三人到渔排上去吃海鲜。中间,她的妈妈和表姐分别打来电话,她走到一旁说着我听不懂的云河话,中间还抬眼看了我一次,大概是她家人问她和谁在一起,她提到了我。

海口的庆生之行是成功的,种种迹象表明,她对我的定位有点儿松动了。她开始主动给我打电话聊天,她所追求的自然而然的信赖和依赖开始显现出来。有一次她谈到她是个悲观的人,她认为人最终是孤独的。我说孤独是思索和创造的源泉,分享是幸福和快乐的根本,孤独和陪伴从来就不矛盾,就看两个人经营感情的功力与技巧。我说我们是天生一对,我是乐观的现实主义者,她是悲观的理想主义者,她的那些问题在我这里都不算问题。她叹了口气说:"我一直希望感情的完全真实和发自内心,不过我知道你说得对,世俗之事,不只在于自己的喜好,还在于背负的责任。总得给爱你的那些人一个交代,比如父母。"

我感到了她的变化,心中暗喜,但也越发无法忍受这种只有电话联系的交流方式。我需要看着她,守在她身边,让她在生活中习惯有我,而不只是想聊天时拿起电话。只要我在她的生活里成了习惯,她就会不知不觉属于我。

五月份她交流期满回云河,我看到了机会。

我们集团一直有在崇原省建立基地的战略构想,我用了一个月的时间,做了关于通过进军崇原地产市场建立集团产业基地、辐射西南以及东南亚市场高端建筑领域的战略计划书。董事会通过了进军大西南的战略计划,并决定派我来云河,全权负责地产项目的开发与实施。

苏晓沐知道我要来云河工作,非常开心。她说:"你租翠湖附近的房子吧,环境好,离我家近。我可以请你来我家,我父母都是很好客的人,我会代表云河人民接待你的。"

我内心狂喜。带我去她家,这句话不亚于向我亮起爱情的绿灯。却没想到,我竟以这样独特的方式踏上云河的土地,从我到达那一刻起,我爱的女人,忽然消失不见了。

第二章 不可再生资源

一、祸不单行

牟立新慢慢撑开酸胀的眼睛，视线模糊了几秒，景物渐渐清晰起来。一个身影站在窗边，正若有所思地望着窗外。牟立新身体绵软无力，他试着清清嗓子说话，却只发出了"嗯"的一声。

杨屹朵听到声音，回过头走到他床边。"醒了？"

"嗯。"牟立新记起昨夜曾用村支书的手机给战旭打了电话，后来如何到医院如何进手术室都不记得了。

杨屹朵说："战旭陪你爸去派出所取证，你妈回地里把你家重要的东西翻出来。你别急。"

"嗯，谢谢……谢谢你。"牟立新听到自己空洞的，像隔着一层鼓皮的声音，随着麻醉药药效渐渐过去，痛苦也随之清晰。昨天这个时候，他还在家里过着愉快的暑假第一天，现在，称之为家的亲切地方已经不复存在。在刚才的梦里，破裂的窗户和坍塌的墙体不停折磨着他，让他充满怒火又犹豫不决。

"我……哪儿伤了？严重吗？"牟立新说。

"脾破裂，腹腔出血，养得好，十来天就能出院。"

牟立新紧闭双唇，默不作声地忍受着孤立无援的痛楚。没在现场的人，怎能了解那些伤痛和绝望，父母惊骇颤抖的哭叫嘶喊在脑海中回响，让他每时每刻都痛不欲生。

那些凶手，他清楚地记得他们的脸，还有背后雇用凶手的贪官奸商，他们才是元凶！仇恨和怒火伴随疼痛在身体里游走，虽然牟立新还不知道该怎样报仇，但只有仇恨才能让他咬牙挺下去。

牟立新再一次昏睡过去，却不知道，牟海良、战旭等人在派出所取证期间，几辆铲车和卡车开到和新村被强拆的废墟上清理场地。众人上前拦阻，凶徒们在光天化日之下再一次大打出手，牟立新的妈妈三处骨折，刚刚被送进楼上的急救室。

二、出手相救

我的助理梁凯打来电话的时候，我正在云艺的东门，和众多学生团团围住一位彝族大婶。她用黑黑的手指在炭火的铁网上不断翻边倒面。糍粑在火气下催得渐渐鼓胀，表皮金黄微微隆起，突然噗的一声，皮破了，一股白气升腾，香气四溢，金黄的破皮里雪白粘软。大婶两只手指飞快地捏起一块放在黄纸里，立刻有手伸过来喊："要卤腐！要蜂蜜！"大婶在香酥的硬皮上抹上蜂蜜递到我手里，我用脑袋和肩膀夹着手机，接过糍粑挤出人群。

"徐总，十谋县政府又把看地时间推到下周了。您说，会不会有咱没想到的问题？这都三周了，他们干吗一推再推？"

"嗯。"

"用不用我们私下找关系接触一下？"

"嗯……"

"您在外面吧？什么时候回办公室？"

"晚上。"

梁凯一定误以为我身边有人不方便讲话。"好，我等您。"他挂断电话。

我汗颜。到云河整整二十三天，我几乎只做了一件事，满城疯狂搜寻苏晓沐。

我去了包括崇原艺术学院在内的云河市所有设置油画专业的中高等院校，也没找到一名叫苏晓沐的油画教师。我在网上搜她的《破晓之日》，毫无结果。我没有她的照片，在三亚玩的时候，苏晓沐给我们照了许多超乎想象的照片，自己的人像却一张不照。看了她的作品，我们很明白自己的摄影水平有多差，便习以为常地享受她的高水平摄影。

现在想来，这一切都是她的刻意之举。在我们分隔两地的时候，我们视频聊天过。我后悔为什么和她视频的时候没有随手留下她的影像，那只要鼠标一点就够了啊！

我整天在街头游荡，从她留给我的记忆中按图索骥，希望能在她喜欢的哪个地方碰到她。北门的大理菜、东门的烤糍粑、解放路的画艺室、文化巷的服装店……她说的每一处地方都存在，都热火朝天生机勃勃，只有她自己，像在这个世界上彻底消失了一样杳无音讯，仿佛过去的一切都只是我的臆想。

十谋县政府的态度的确可疑，但我懒得究其原因，我是为了苏晓沐才削尖脑袋揽了这个活儿，现在她不知所踪，余下的工作、余下的生活还有什么意义？

我还是拨通了芬姐的电话："大姐，看地又推到下周了，我们联系十谋县的几个领导，比见市领导都难哪。"

"还没见？接待标准早报给市里了，我现在打电话问下。"

一会儿芬姐打来电话说："明天去十谋县看地，你现在去市政府招商办领表，带上公司执照复印件。"

我打车回到办公室，梁凯正在指挥工人往墙上挂画框。我让他准备复印件立刻和我去市政府。开车出来，快到市政府时在天桥下堵了车。我们等了一会儿，车队丝毫未动，前面不断有焦躁的司机下车探问，我也拿着材料下车步行过去。一路听众人传话，市政府门前有人上访，让后面的车后退掉头。

伸头踮脚的看客们围住了市政府大门，人群中传来女人的哭喊声。我挤入人群，边挤边喊："请让下请让下！"前面的人突然骚动着后退，我听到呼喝："散开！不要围观！"

警卫们横持步枪向外推赶众人，我努力向前举起材料，以证明我进入政府大门的合法性。一名警卫举起枪，冰冷幽蓝的枪管蓦地伸到我面前吓了我一跳。在市政府大门处，一个中年妇女正被两个警卫强行拖起，那妇女一边哭嚎，一边用头用手向警卫作揖。我突然听见一声愤怒的呼喊，我和逼住我的警卫一齐向喊声望去，不远处，一个十六七岁的男生正举起双手抵住警卫推搡的枪托怒目而视。他手腕上挂着一幅加横杆的白布，正反都有字，迎面的大字鲜红夺人：强烈抗议十谋县和新村野蛮拆迁！还老百姓公道！严惩凶手！

牟立新站在毒辣的太阳下，看着跪地哭诉的中年妇女，她手里的牌子写着为夫申冤。从女人断续的哭诉里，牟立新听了个大概,为征地女人的丈夫被村委会扣押三天,回家后遍体鳞伤不治身亡,停尸未满七天便被乡里强行派人拉走火化。女人要见市长,却被警卫拦下,警卫的劝说只有两句话:"请去信访局人民来访接待中心,也可拨打市长热线。"

人越聚越多,忽听谁喊市长出来了,大家兴奋地望向大楼。几十名警察整齐地从楼侧跑出来,迅速围成一圈阻隔在人群与政府大门之间,不断向外扩大半径,很快形成一个半圆的空场。刚才还在呼号的女人惊呆了,面如死灰坐在石阶上,被两名警卫吊钢丝一样拉起。女人挣扎哭喊道:"冤枉啊!老天有眼帮帮我啊!"

女人嘶哑的喊声撞向牟立新的胸口,像极了母亲那晚撕心裂肺的哭嚎。牟立新再也按捺不住,他大声喊:"市政府的人都死绝啦!市长见老百姓会死啊!"警卫举起枪托搋在他肩膀上喝道:"快走!再闹送你去收容所!"牟立新用肩膀使劲儿顶着枪托,不顾一切往里闯,立刻被两个警卫按倒在地,反剪住手臂。一个警卫从腰间抽出手铐。

我看到那男孩儿被警卫按倒在地,他连着条幅的胳膊扭曲地悬在后背,另一个警卫从腰间抽出手铐,我的胸中忽有一股炽热的岩浆倾斜喷涌而出。我向男孩儿奔去一把抓住压在他身上的枪托甩开,对拿着手铐的警卫喊:"你他妈疯了!"

警卫愣住了,在几秒钟短暂的脑脉冲中断里,我拖起男孩儿推开警卫冲进正在被驱赶的人群。我们穿过四周攒动的人头和脚步踩踏的灰尘,从烈日蒸腾中脱身而出。

牟立新按住腹部喘着粗气抬起头,眼前的男子二十八九岁的年纪,身材挺拔,面容白净。他不像是本地人,腕上带一块蓝瓦瓦的大表，手里抓着只大皮夹。

"谢谢你。"牟立新说。

"不客气。"男子说一口标准的普通话，两人彼此打量，老四哥气喘吁吁地跑过来喊："磕哪了？我找了一路！"看到牟立新与男子相对，便警惕地站在男子面前挡住牟立新问："你是哪个，整哪样？"

"你说什么？"男子听不懂崇原话。

"问你是干什么的。"牟立新翻译过来，又对老四哥说，"这位大哥刚才帮我跑出来，警察要抓我……"

"哟！为哪事？"

"么的事。"牟立新摇摇头。

"我能看看吗？"男子指着条幅问。

牟立新觉得男子没有恶意，便说："看吧。"

  强烈抗议十谋县和新村野蛮拆迁！还老百姓公道！严惩凶手！

  2009年7月6号夜里一点半，几十个凶徒开着铲车来到我家，破门而入，把我们从睡梦中赶到院子里，把我家和邻居罗彬礼、李兴、王爱农家夷为平地，并打伤我们四家九人，我们四家的所有财产全部在屋里，全被推平。我们报警后，警察两个多小时才赶到现场，只待了十几分钟，问了情况说回去调查就走了。第二天我们去派出所询问，让派出所取证，我们九个人其中有两人重伤，在县医院做了手术，其余人身上也都有明显伤痕，但派出所人说警察都出去执行任务了，我们在派出所长达三个多小时无人理睬。我们又去镇政府，镇政府说不知道情况，让我们回去等。就在我们在派出所和镇政府期间，有几辆铲车和卡车来铲我们四家已经倒塌的房子和院墙，当我们赶到现场，他们已经快要铲完，并再一次打伤邻居六人，并将我母亲打得三处骨折，我们再找镇政府，镇政府却说这是政府规划。

我们两家都是宅基地上的自建房，在社会主义国家，却被人用法西斯手段推了房，打得遍体鳞伤无家可归，恳请政府为我们做主，找出公然藐视法律的凶手，还老百姓公道！

受害人：和新村村民牟海良、罗彬礼、李兴、王爱农及家人。

我问老四哥："您是他家邻居？"

"不是，不是！"老四哥摇手。

牟立新说："我们是今天才认识的，他的地也被政府卖了，我们都是上访的。"

"其他几家人呢？"

"那几家伤的伤，老的老，有两家儿子在外面打工正往回赶。"

"你们当地政府都不受理吗？"

"我们到镇政府里告，镇政府让我们找公安局，公安局说在调查。我们到县政府，县政府给批了张条子还让找镇里解决。等了快一个月，天天是一样的话。"

"你家房子是突然被推的？"

"今年四月份才通知我家拆迁。我们四家就在地东头，往西是一块六百多亩的耕地，有我家七亩，承包十五年。可四月份说是让政府给征收了，一亩地补偿一万五。我们几家的房连着地，就得一起规划，政府收购价给我们一平方米四百八，连上前后院子,算下来才补给我们不到十三万。我家是前两年盖的新房,做农家乐,连材料带人工,花了将近十五万,生意还挺好。我家附近的别墅都卖到五千一平方米。我们几家商量一起和县里谈,还没谈呢,就给砸了……"

"你上高中?"

"嗯。十谋一中。"

"你有联系方式吗?"

牟立新摇摇头:"手机给砸了。"

"有笔吗?"

"这儿有!"老四哥突然接过话,他打开破背包,拿出一支伤痕累累的签字笔和一个旧笔记本,"写这上面!"

男子写下一个手机号,后面写了个"夏"字,说:"这位夏先生是专门帮助联系法律援助的,如果有什么需要,你可以给他打电话,看他能不能找律师帮你们免费打官司。"

牟立新感激万分: "谢谢你!你有电话吗?以后怎么联系你?"

男子摇摇头说:"你找夏先生吧,我不是搞法律的。别在这里上访了,真被抓起来,你家里人连找你都找不到,懂吗?"

我一边快速走向马路找梁凯,一边在心中暗骂自己,就算再痛苦,智商也不应该低到没下限,忽略了这么明显的信号!十谋县政府一再推延看地时间,一是因为屁股还没擦利索,二是在等人呢!等着姘头们出价,他们好确定最终和谁勾搭成奸。

回到车里,我对梁凯说:"我刚把你的电话留给十谋县和新村一个叫牟立新的学生,他随时有可能会给你打电话。我告诉他你姓夏,是专门负责法律援助的。他家7月6号半夜被强拆了,就在我来云河的第二天。你看看,能不能找咱们的关系帮帮他,

第二章 不可再生资源 | 29

小孩儿挺可怜的。帮他也是帮咱们自己，这件事说不定可以做做文章。"

"刚才是和新村的人在上访？"梁凯有些惊讶。

"没看清楚。把车开进去吧。"我摇上窗户，不想让牟立新和老四哥看到。我很同情和新村老百姓们的遭遇，但是，他们的遭遇不是我造成的，也不是我能改变的。全国到处都是野蛮拆迁，听得耳朵都起茧子了。既然某些地方政府已经黑了心，胃口越来越大，我们不做，自有人打破头抢着做。

牟立新他们的真相在他们手里没有价值，但到了我的手里，也许会成为一张王牌。

三、皆为利

"这块地一共两千六百六十二亩，西起仙女山脚下，东到梅园坡李梁河岸边，北靠仙女山山麓，南距2012年通车的昆十高速出入口2.7公里，距国道1.4公里，交通极为便利。政府在今年年初完成了全部的土地收购，上个月由国土局批复为商业用地……"

汪康礼是我见过的最瘦的土建局局长，要不是我知道他拿了我们多少好处，一定会把他当成两袖清风的正人君子。

这一大块地是由东西两处缓坡加上中间一千多亩耕地组成，背靠几千亩自然植被的青山。所有土地都被整饬过，没有任何作物，十多部推土机正在她的胸口轧来碾去。

我们越过河道一直走到缓坡之上，在崇原，这种缓坡被称作好风水，是盖房的最佳位置。我的目光搜索着被拆的痕迹，却一无所获。"这坡上，盖几栋四层别墅，前后独立院落，怎么样？"

"徐总,你是行家,这块坡地叫地眼,是风水宝地,这个位置的房绝对是最贵的。"

"这么好的位置,原来肯定有人住吧?"

"有啊!原来都是农户。前些年,种地不赚钱,这里离云河近,劳动力都到城里打工去了。我们县里搞新农村建设,让农民集中住进楼房,享受现代化生活,把他们的地收购了,为县里创造更大的价值。一会儿到县城你就看到了,市里有的,我们这儿都有!农民为什么愿意进城?因为可以享受城里的配套设施,现代化生活!等这块地开发出来,我们县里就可以引进大超市、大商场、影剧院,老百姓不用进城就可以既享受现代化生活,又享受农村的好空气好食品,你说,老百姓的幸福度高不高?"

这些话他一定对各级领导各路开发商重复了多次,以至于像一个话剧演员,演的场次越多,台词越炉火纯青,情感越真实流露,自己放屁都不觉得臭。昆十高速通车后,这里离云河只有二十分钟的车程,离县城也是二十分钟,老百姓放着几百平方米的大院不住,放着成千上万一到周末就来农家乐的云河人的钱不赚,却愿意喜气洋洋地搬进县城的鸽子笼?

我说:"汪局长,中午一起吃饭的陈副县长主要负责哪一块?"

"他是我的直属领导,也是招商引资评估小组的成员,我已经和他详细介绍了贵公司的情况,他很重视,安排最高标准接待你们。"

当我看到陈副县长的时候,第一感觉是对着头肥猪。他下巴上的肥肉嘟得比真正的下巴都长,两颊两眼间红彤彤的,一看到我身后的李馨施,他的色眼竟然发了直,好在汪局长及时提醒,才没忘和我握手。大家分宾主落座,互相交换名片,当李馨施把

第二章 不可再生资源 | 31

名片递到陈副县长手里时，我看他恨不得要去攥李罂施的纤纤细手。服务小姐拿着酒进来问开几瓶，副县长说："三瓶全开！"他又对我说："徐总，这茅台，是我们县政府和茅台酒厂直接订的，保真，这美酒才配得上美女！"说到这里，一双斜不愣登的眼睛竟然向李罂施眨了眨。我瞬间石化，奶奶个熊！老子终于懂得什么叫作呕了！

我们的公关部经理，向来镇定自若的美女李罂施也被陈副县长吓到了，脸上的表情明显有些尴尬。在我调整自己的暂时性肌无力时，服务小姐拿来一个特大号的啤酒杯，把三瓶一斤装的茅台全倒出来，屋内霎时醺醺然酒香四溢。每个人面前都是喝啤酒的西式细颈阔嘴杯，斟上满满一杯白酒。茅台酒这么个喝法，我还是第一次见。

陈副县长举杯说："徐总，我代表县政府，代表十谋县全体人民，欢迎你们集团到我们十谋县投资！"

我说："来之前，任书记就告诉我，十谋县山清水秀，人杰地灵，未来发展之势无限宽广。我也希望在任书记的指导下，在十谋县各级领导的支持下，我们能合作成功！"

除了梁凯和李罂施，在座所有人听我提到现任市委书记任达，脸色都瞬间庄重起来。其实我和任书记只是认识而已，没有那么亲近。不过，我太清楚这些当官的奴才相，尤其对陈副县长这种流氓式的官员，只有更大的权力，才能打压住他的气焰。

果不其然，听我这么说，陈副县长看李罂施的眼神迅速转变。这时，一盘菜端上来，汪局长让我认是什么菌子。我说："这叫猪拱菌，是非常名贵的一种菌子。之所以叫这名，是因为猪喜欢闻这种菌子的味儿，找这种菌子，要牵着猪找，猪一拱，往下挖，准能找到。法国人叫它松露。"

汪局长跷起大拇指："徐总，太厉害了！我们很多崇原人都不认识这菌子，你是我们崇原通啊！"

我说："当崇原通我可不满足，崇原这个地方太好了，我们都想当崇原人呢，你说呢李总？"

李颦施也已平静如初，她眼皮一抬，风情万种："陈县长，我和徐总的宅基地，可就等您解决了。"

"没的问题！"陈副县长明显激动了，面前的杯子哗的一下被扫到地上。

李颦施出手，果然是以一当十。她和陈副县长、汪局长、崇原方的两个办公室主任推杯换盏，把那几个男人喝得豪情万丈满嘴胡话。喝到后来，陈副县长竟然换到李颦施身边坐了，更让我难以忍受的是，两人还能头凑到一起说悄悄话。陈副县长的猪头几乎快顶到李颦施的秀发上，臭烘烘的气息就那么直喷到李颦施脸上。不知道李颦施会不会恶心，她是强忍着呢还是习以为常，我不知道她到底经历过多少丑恶嘴脸才修炼到今天这种程度。

在我浮想联翩之际，忽然发现，大家轮流上厕所，陈副县长和李颦施出去了好长时间。就在我担心之际，陈副县长回来了，再一会儿，李颦施也回来了，手里拎着她的包。

送我们上车的时候，陈副县长握着李颦施的手舍不得松，我真怕他把那又软又嫩的小手掰下来当猪蹄啃了。车开出十谋县，李颦施打开包，把一沓复印件拿给我。我翻开，吃了一惊，低声问李颦施："没吃亏吧？"

李颦施笑着摇了摇头。我由衷地对她竖起大拇指。乖乖！她竟然拿到了参与土地竞标的其他公司的简介和意向书，还有招商引资小组的两次会议记录。

整个晚上，我们都在讨论李颦施拿来的这几份珍贵文件。从会议记录里，我们惊讶地发现，两千六百六十二亩地，只有九百八十亩有完备的商业手续。看时间，这次会议是在上周一，短短一周时间，就算伪造，也不可能把其余地块儿的手续做好，毕竟市里还把着一关。但汪局长的话语言谈里却释放出一个信息，所有土地的手续都已拿到批文。这只能说明一个问题：这块地已经有下家了。

参与竞标的有十几家公司，其中有三家实力雄厚的国字头、三家外企，我们无法判断哪家公司已经暗中胜出。这块地是竞标而非挂牌，现在看来，不挂牌的原因有两种：一是因为手续不全，二是因为以和政府合作的方式通过竞标可以有效避免黑马。如果挂了牌，那就是谁拍钱多谁说了算，暗箱操作的成本太大。

做出种种分析后，我们确定了工作思路：一，一定要进入二轮竞标备审。进入二轮后只剩四家公司，我们找到那个隐藏的对手更容易；二，和十谋县的县委书记、县长接触，摸清他们的胃口有多大。

四、信访办

信访局门前的路边树荫下到处坐满人躺满人，汗腐气一阵阵飘向牟立新的鼻端。他已经填过表领过号，此刻混在一小撮人丛里，呆视穿梭过往的人流。草坪里有人伸展着胳膊呼呼大睡，老四哥和其他上访者大声吹牛，骂政府，说各自上访的经历。无论他们讲好事还是坏事，都让牟立新更感绝望。

他打市长热线的时候，老四哥说："白打！一个女的听你说，一屁就没影了！"

果然，女话务员听他讲了情况，说："你的情况我们已经记录，将在十五个工作日内回复，到时你可以拨打热线查询。"

牟立新很怀疑十五天后谁会给他回复,谁在这些好听的女声背后处理那些沉重混乱与血腥。他给夏先生打了电话,才知道夏先生是北京的。夏先生给他一个邮箱,让牟立新把事件发生的时间地点、前因后果全发给他,说争取为他申请法律援助,找律师免费为他打官司。听夏先生的意思,法律援助也需要审核资格。也是,比自己家惨的冤的多了去了,律师也要吃饭,免费的活也不能天天干不是?

下午五点,终于轮到牟立新进接待室。桌后坐着一胖一瘦两个人,其中被人称作万处长的胖子指了指最中间的一把椅子让他坐下:"你要反映什么情况?"

牟立新讲家里被强拆的经过,讲到去县政府上访。万处长不耐烦地打断他的话说:"你就说结果,县里给你处理意见了吗?"

牟立新说:"给了个回复,我们又找镇里,镇里说调查,都一个月了也没进展……"

"调查是要有时间的嘛!公安局调查、破案,都是要有时间的。法律规定,我们信访部门的回复时间是六十天,特别复杂的再延长三十天,你这叫越级上访懂吗?如果县里不受理,你可以来上访,县里已经受理了,你还上访什么嘛!"

"可是公安局连我们身上的伤都不验!"

万处长大手一挥:"既然已经立案,怎么办,是公安局的事,还用你做指导?你先回去等通知!"

牟立新只觉一股火呼呼蹿上头顶,他腾地站起身:"你们除了把老百姓推来搡去还会做什么?你们是替人申冤的还是落井下石的?如果不是走投无路谁会来这里!"

万处长和瘦子呆住了。瘦子干笑两声想说什么,牟立新已经转身走出办公室。

走出信访局大门,老四哥跟在他身后说:"不听我的!没用!

让你等，等一两个月还是给你打发回县里！"

牟立新突然停住脚步瞪着老四哥说："你上访两年，该走的衙门都走了，该批的条子都批了，为啥你家的地还是盖上新楼住进人？既然你知道上北京也是一样，按规定还是把你打发回来，你干吗还天天混上访？"

老四哥有些吃惊地看着牟立新，张了张嘴，还没等说话，牟立新说："你这叫麻木，除了上访已经不会干别的了！"

"那，那你说不上访咋弄？我想说不定能碰上个包青天。不找官做主，你来上访干啥？"

牟立新盯着老四哥，半天没说话。两人在树荫下站着，头顶炙热的阳光透过树叶烘烤着脊梁。牟立新突然从兜里掏出所有的钱，只留下路费，其余都放在老四哥手里。

"做啥？"

"你留着吧，我现在回家。"

"不告了？等个条子回去也好用啊！"

"等？等六十天还是九十天？叔，我们为什么要忍着，为什么要等？别人拿刀子棍子铲车推平了我的家，政府给咱的保护，就是一张破条子？"

五、群众集体上访事件

上午九点半，十谋县政府几个迟到的公务员惊讶地发现，他们已经无法进入政府大院，高大宽阔的铁栅栏门已经紧锁，大门后人头攒动，密密麻麻的人群不断扩大，一会儿就已漫过马路。被挡住道路的汽车不得不绕路而行。

几个年轻男子来到人群的最前面，他们爬上大铁门的栏杆，高高拉起了宽横幅：强烈抗议十谋县政府违规征地！强烈抗议永昌镇政府野蛮拆迁打人伤人！还农民土地！我们要生存！

一个壮小伙搬来一架叉脚的木梯子，牟立新扶着梯子拿着喇叭爬上去，横跨在顶端。他向下看了看，杨屹朵仰着头，圆溜溜的眼睛鼓励地看着他，战旭冲他挥了挥拳，晚报记者已经架起摄像机。牟立新心里一热，拍了拍喇叭，喇叭发出被电流放大的嗡嗡混响，人群安静下来。牟立新深吸一口气："和新村的乡亲们！今天，我们来到这里的五十六户村民，都是被县政府强占了土地、镇拆迁队推平房屋的受害人，我们今天要向县政府——讨、公、道！"

"对！讨公道！"响应的喊声轰然四起。

"仙女山脚下的一千多亩耕地，是祖祖辈辈留下来的，养活了我们一代代人。2005年，我们响应国家号召，种粮食保耕地，我们每一户都有和国家签订的十五年的土地证。去年县政府突然要征地，每亩才给一万五，你们说，一亩地的十一年就值一万五吗？县政府是不是太欺负人了？难道我们农民就是泥巴，可以由他们想捏就捏吗？而且，到现在为止，我们连一分钱补偿款也没拿到。光天化日，我们的地，被抢了！家，被推平了！人，被打伤了！大家说，我们能忍吗？"

"不能忍！"众人齐喊。

"我们今天来说理，要政府给我们答复，我们要提高补偿标准！发放补偿欠款！赔偿强拆损失！严惩打人凶手……"

县政府大楼内乱作一团。办公室的窗前挤满了脑袋。县长廖敬辉拨通了公安局局长的电话："是我，廖敬辉，县政府发生有组织的上访事件，门口都被堵死了，你组织警力随时准备。还要安排便衣，找出所有照相、录像的记者，把他们盯住，在适当的时候把他们控制起来，一个都不能漏！"

当人群在等待中开始变得焦躁时，政府大楼里突然走出几个人。跑在最前面的是最早消失的门卫，他跑到大铁门前，对人群喊："大家向后退哈！领导出来了！和大家谈！"

办公室主任何坚满面笑容，对着梯子上的牟立新说："小伙子，我俩换换，借你的梯子用下。"牟立新想了想，下了梯子。何坚慢慢爬上去，站稳，接过县政府的大喇叭："老乡们，我是县政府办公室主任，现在由我来和大家说几句话！"

何坚一开口，群众渐渐静下来，何坚接着说："今天，县委书记和县长去市里开会，刚才，我们已经打电话向他们做了汇报。县委书记指示，让负责政府规划的直管领导陈德强副县长来接待大家。陈副县长今天也有工作安排，正往回赶，请大家耐心等待。我保证，陈副县长四十分钟之内肯定能赶回来！还有，今天来了这么多人，县政府大楼接待不下呀。乡亲们，你们看这样好不好，请你们选出十名代表，一会儿进县政府和领导反映情况，其他人可以在这儿等消息，也可以回去等消息，全凭大家自愿，你们说好不好？"

杨屹朵拿过牟立新手里的喇叭说："不行！和新村五十六户居民，每家都得有一个代表！加上记者，要六十人！"下面一片赞同声。

"好！就听乡亲们的，六十人！你们商量好，请这六十人往前站，一会儿我一起进去！"

村民们进了政府大楼的二楼会议厅，会议厅比电影院还大，六十个人坐在里面，稀稀落落。一会儿，门口走进十几个人，一个肥猪一样的中年男人坐在主席台正中央，红彤彤的两颊像是宿醉未醒。他伸手动了动麦克风，麦克风发出刺耳的嗡嗡声，他说："大家好，我姓陈，是负责和新村政府规划的副县长。刚才，我接到县委书记、县长的电话，领导指示，一定要切实地给大家解决问题,所以,我代表县政府的领导班子向大家表个态,我们县政府一定会尽全力解决和新村的问题!现在就请你们选一位代表,把问题集中提出来。"

会议厅里响起一阵私语,刚才在外面扯着嗓子喊的村民们在空旷的大厅里不由自主地压低声音,大家都推举牟立新:"娃儿,你去说!"

牟立新理了理思路,说:"我们五十六家的耕地,都和国家签了十五年的租约,一亩地只给我们一万五,这个价太低,我们不接受!"

陈副县长说:"小伙子,这个价格不是我们定的,是国家定的!是土地局经过测算得出来的!你们都知道,你们种的地,是国家的地,法律规定,在政府需要地的时候,是可以收回来的。一亩地给大家一万五,人口少的,一家能拿到十来万,人口多的能拿到二十万!我们县年人均收入不到两千块,你们算算,你们多久才能赚到二十万?一下子拿到这么多,你们自己说合不合算……"

"什么二十万!我们一毛钱也没见!"陈副县长的话被村民打断,下面闹哄哄地乱起来。

"大家静一静!补偿款的问题,县委领导已经指示,两个月之内,让大家拿到钱!"

"为啥两个月?我们现在就要钱!"

"县政府不是银行!财政拨款是需要时间的!就算是银行,也得有个审核程序吧?两个月之内,是县政府的郑重承诺!政府保证……"

这时,一个穿白格子衬衫的女孩儿站起来说:"陈副县长,我有话要说,可以吗?"

陈副县长见是个女娃子,便长吁了口气,点点头道:"你讲嘛。"

"我想请问陈副县长,镇政府的拆迁办也是政府单位,也代表国家,在县政府的领导下,他们为什么不能好好讲话?为什么敢半夜破门入户强拆了和新村老百姓的家?为什么敢打伤十来口人,对年过半百的老人都下得手?从哪方面讲,这都是明显的犯罪吧?为什么没人判他们的刑?陈副县长家也有老人孩子,如果这事发生在你家,你会咋想?这几家人到现在还无家可归,为啥镇政府迟迟不给说法?"

陈德强一愣,仔细打量这个十六七岁的女娃,皮肤黑黑,瘦骨伶仃,还没长开的样子,一双圆溜溜的眼睛灵动聪慧,目光炯炯有神。陈德强字斟句酌:"如果你说的情况属实的话,政府一定会给说法的。这个事情,我一会儿就安排人下去查清楚,好不好?"

"事发当时,四家受害人就向当地公安局报案了!陈副县长打个电话,就可以查清楚事情的来龙去脉。牟立新被打得脾破裂腹腔出血做了手术,他妈妈被打得三处骨折,还有那么多村民被打伤,在县医院都有完整记录;就算找人调查现场,两家的房子、院子,那么大的物件被推平了,有和新村这么多村民这么多人证还不够吗?"

"如果情况属实,两天之内,后天吧,肯定给个说法!推房、伤人的人,我们一定要依法处置!对这几家,也一定要赔偿!请大家相信,发生这种事,绝对不是政府的本意。发展经济,招商引资,对于全县人民都是大好事,但是下面有些人,不懂政策,蛮干乱干,这是政府绝不允许的,这种人,抓住就要承担法律责任!"

"好,我们相信陈副县长,你说后天给答复,我们就等。我还想再问陈副县长,既然陈副县长说,最迟后天就可以给答复,这个事是7月6号发生的,已经过去快一个月了,镇政府、公安局为什么迟迟不能给答复?为什么连为几家安排个临时住所都做不到?现在中央已经讲究问责制了,陈副县长两天就能办的事,作为直接管理和新村拆迁的镇政府,为什么这么长时间都不作为?政府部门不作为,从法律上讲,叫渎职。陈副县长,我想请问,县政府是否能追究镇政府的渎职行为?"

陈德强眯起小眼睛,再一次仔细打量那小女孩儿,暗想,不知道是哪家的女娃子,小小年纪,不得了嘛。想到廖县长的嘱咐,他换上一副笑脸说:"小姑娘,你既然懂法,就应该知道,公安局破案,政府调查核实,都是有时间规定的。就说镇政府,那是为全镇九万多人口服务的,每天多少事情?政府的人力财力有限,不能只办你一件事情对不对?我之所以说明天,是因为第一,今天大家找来了,领导也指示了,要优先解决和新村的问题;第二,将心比心,如果这个事情发生在我家,我是什么感受?我很理解嘛!所以,我才敢下这个令,不然,解决事情肯定凭个先来后到嘛!我向你们保证,后天给答复,如果情况属实,吃住、赔偿方案全都会解决!"

"我还想说一下政府征地的事。陈副县长说得对,地是国家的,在国家需要的时候,可以收回,但是法律规定,只有用于国家的公共设施等项目,才是国家征用土地。现在,县政府征地的用途是盖房子,属于商业项目,所以,你们给村民的补偿,应该按照商业价格。你们给村民一亩地一万五,盖出来的房子一亩地市场价要卖到六百万以上,这个价格,连个零头都算不上,是不是太不合理了?国家连农产品的价格像绿豆、大蒜都要调控,都不允许商人投机,土地是农民的命根子,征用我们的命根子让开发商去投机,还不让我们议价,这和强盗有什么区别?"

"你晓不晓得你在干啥?你晓不晓得你说话是啥性质?你在

妖言惑众！价格是你那么算的吗？没有投资能盖起楼吗？你知不知道国家征收一亩地的税钱是多少？"

"盖房子是开发商的事，是开发商投资，县政府从我们手里收地卖给开发商，你们卖给开发商多少钱一亩？你敢说吗？"

"我告诉你，政府没有卖地！这块地不属于任何开发商，政府征用这块地，主要是为了公共事业！具体方案，县委县政府还在研究，结果出来，会公示给大家。现在请你坐下，我给大家说说补偿地价的事。这个地，政府收来了，但不卖。政府不是商人，所以政府没有利润。我们也愿意让大家多得钱，但是，给多少，不是哪个人说了算，是国家说了算。我们县政府就是按国家的政策补偿给大家的，至于大家觉得少，想多拿点儿，我本人只能这么答复大家，等县委书记、县长回来，我向他们汇报，反映大家的意见，看看领导能不能想办法，给大家多争取点儿补偿。关于补偿款的事，我承诺，周五之前给大家答复，你们看，这样可不可以？"

会议厅里响起一阵细语，一会儿，许多人稀稀落落说出了同意。十谋县是个农业县，人均年收入低，一次性拿到十几万，对哪个普通家庭都是个大数，许多人甚至开始盘算拿到钱做点儿什么了。

两天后，县政府下发了关于对拆迁公司的处理意见和对和新村村民的补偿意见，镇政府拆迁办聘用的云河市茂源拆迁公司违法强拆，肇事者逃逸，责令公司赔偿四家各六万元，承担全部医疗费用，并由茂源公司出资为四家在镇政府指定的新的宅基地重新盖房。其间，由村委会解决临时住所。鉴于茂源公司的违法行为，镇政府已经和茂源公司解约。同时，征地补偿款不变，如在8月15日之前上交土地并和政府完成签约，将另得一万元奖励，当场兑现。

那些壮劳力出门打工没人种地的人家相继去镇政府签约，果真拿到了一万元奖金。消息传得飞快，几天的工夫，类似情况的村民都去和政府签了约。也有不死心的，来找牟立新问对策。大家都清楚，镇政府是在拿钱瓦解这五十六户居民，但也没更好的办法，毕竟每家的需求不同。

　　罗彬礼家两个在深圳打工的儿子来找牟立新，想和牟立新一起去签约。罗家的儿子对牟立新说："兄弟，胳膊拧不过大腿，要是不签，不给你补土地证，你上哪儿告去也没用，不如现在签了。你念书好，以后考大学，肯定进城，难道还能回村种地吗？"

　　牟立新和家人商量，觉得最终也只能如此。不久，和新村农民手里的耕地，全部被政府收购。

第三章 截访

一、县委书记

我隔着巨大的玻璃窗,欣赏着山脚下那块肥沃的土地,它有着艳妇般起伏的温柔线条。我身后的不远处,十谋县委书记申裕,正在用冷冰冰的略有沙哑的声音讲着电话,我只能听到他用简单的语言回答或是发号施令,"不行,嗯,我知道了,好,回头再研究,让老陈去办。"我敏感地觉察到,他接的电话,肯定与这块地有关。

我们突然接到了十谋县政府要求在 8 月 15 日之前递交竞标书的通知。用十天时间准备标书非常仓促,好在我知道,第一轮备审,无非是给那家已经内定的公司作陪标,标书的质量并不十分重要。我找到芬姐,把我们公司的简介、在环保领域里的贡献以及对地块的大致规划做了一份详细汇报,芬姐请示后拿到了比标书更重要的东西——条子。我心里有了底,有了这张条子,第一轮备审,我们不会被踢出来了。

果然,拿着市委书记的条子,我得到了县委书记的单独接待。申书记接待我的地方,叫仙梦奇缘,是仙女山上的度假山庄。陈副县长曾在这里接待过我,当时本以为是个土里吧唧的求仙地,没想到进来才发现,竟然是典雅的欧式建筑群,很好地体现了欧洲建筑的华美与精致。问及陈副县长才知道,这个山庄是请一家国外的设计公司设计的。

申书记接待我的这栋别墅,在仙女山的制高点。我猜想,这里大概是他的专用房。房间宽敞,视野开阔,能俯视整个山谷,墙上挂着法国画家拉乌尔·杜菲的《阳光室》和《玫瑰水晶》两幅仿作。

申书记对我说:"徐总,你们的标书我已经详细看过,我个人觉得非常好,当然,是否能进入备审,还需要班子讨论。但有一点可以肯定,你们的环保技术是我们县非常需要的。除了这块地的竞标,在其他很多领域,比如政府的保障房、工业园区,我们都可以合作嘛!"

我知道,因为我拿了任书记的条子,他摸不清我的来头有多大。这番话既是在探我底细,又是在给我暗示,即使竞标不成,也有其他项目可做。可是现在还有什么比地皮生意更赚钱?而且,我们集团要的不单纯是一个地产项目,而是要占领拉动地区产业链的制高点。

我微微一笑:"申书记,我们的技术,今年年初被建设部列为重点推广。这些技术不只应用在奥运场馆、世博会,在美国、欧洲、日本,全世界发达国家都有我们的工程项目。其他公司能做的,我们只能比他们做得更好,当然,这个表现的机会,还得请您给我们啊!"

申书记哈哈大笑说:"不得了,不得了!就凭你这劲头,就能看出你们的企业精神!徐总,我个人对你们的技术推广,能拿出百分之一百二的支持,但是,竞标是招商引资的小组成员们以及专家们说了算,我只有一票!所以,任何公司要想胜出,都得说服一群人。你们好好准备,争取胜利!"

申裕滴水不漏,在我意料之中,反正我已经给了他暗示。

与申书记谈完话,我发短信给李颦施。李颦施和我是分头行动,我来见申裕,她去见陈副县长。我们虽然不知道陈副县长是否参与了核心决策,是否清楚那家内定公司的内幕,但陈副县长名义上是主抓征地工作的领导,又是招商引资小组的成员,这一票,说什么我们也得争取。于是我们给陈副县长准备了一份丰厚的礼品,由李颦施单独送到。

一会儿,李颦施回短信,让我和梁凯先回去,晚上碰头。

晚上九点多,李颦施才打出租回来,进了办公室,灌下一大杯水说:"先告诉你们一件大事。7月30号,十谋县政府发生大规模群众上访事件,和新村村民堵住了县政府大门,要求增加补偿款。县政府承诺两个月之内发补偿款。"

"高啊,农民一上访,征地问题反倒集中解决了,无非多出百十来万的毛毛雨。怪不得县政府这么快就搞竞标,两个月之内,这地早就有主了,补偿款也就有人出了。对了,这么大规模的上访,谁带头?"

"带头的是三个学生,都是十谋县一中的高中生。"

"牟立新?"我和梁凯同时叫出名字。

"叫什么我不知道,只知道一个是和新村的,另两个给他帮忙的是他同班同学。"

"这个牟立新,小小年纪,就做成这么一件大事,也算结果不错。"我摇摇头说。

"可惜他告得太早，资源没利用上。"梁凯说。

我沉吟道："李姐，这个陈副县长告诉咱们这么多信息，你觉得，他是真想和咱们交朋友呢，还是完全凭你俩的交情？"

"这个，我想是多种原因吧。不过，陈副县长虽然管征地，但和新村的拆迁工作是领导班子开了会的，他按程序分派到镇政府，所有拆迁工作他都没经手。那个和镇政府合作的拆迁公司他也不了解。他说，别人做的事，却让他来出头，明摆着坑他。"

"明白了。如果他说的是真的，就说明他没有进入核心决策层，不了解那家已经内定的公司。他是觉得不平衡了，想和咱们结成同盟，捞到他该捞的好处。"

"我想是。今天他是一个人来的，没带司机。他还问你和任书记的关系，我只说你拿了任书记的条子，今天申书记单独接见你，剩下的让他自己去联想。"

我点点头，琢磨那个廖县长。芬姐说他是从外省调来的，上任还不到两年，很低调。从陈德强的描述来看，他是不想蹚浑水。陈德强不在决策层，申裕和廖敬辉必有一个知道内幕。强拆的那些黑社会，不给钱哪里请得动？难道是申裕？虽然今天我已经给了他暗示，告诉他别人能做的，我们可以做得更好，但是，我们该怎么喂，喂他多少呢？

二、逃亡

县里下了补偿意见，牟立新几家跑了两次镇政府，茂源公司的补偿款也没有兑现，盖房的事更是提都没提。一周过去，大家渐渐心焦，这天，几家人一起来县政府，要见陈副县长。

陈德强听到消息，本打算甩手给廖县长，转念一想，改了主意,让何坚先接待,自己打电话给镇政府询问情况。镇长伍利接到电话,说自己不了解情况。陈德强声色俱厉:"搞出这么大事情,县政府的处理意见你们镇政府当放屁呀!半个小时之内给我查清楚!"

一会儿,伍利打来电话说,已经和茂源公司协商好,补偿款三天之内到账,镇上已经派车过来,先把大伙接回去,到镇上银行办手续,再送回家。

不久,镇政府的大巴车开来,送大家回到镇上,到银行开了折子,由办公人员记了折号,又把大家送回去。四家人满怀欣喜等了三天,第四天一早,牟海良带着牟立新、罗彬礼、李兴、王爱农,一行五人去镇上银行查钱,却没到账。

大家心里忐忑,一起来到镇政府。镇政府的人打了几通电话,把他们安排在后楼的一间屋里让他们等消息。一直到中午,也没人回话,大家都饿了,想出去吃点儿东西,却被屋门口站着的两个保安拦住。保安说:"这是镇政府办公的地方,你们不能随便走动。"

牟立新说:"我们要出去吃东西。"

保安说:"你们不能离开这间屋子。"

"放屁!我们是来要钱的,到你们镇政府,连人身自由都没有了?"

"操你奶奶的,你敢骂老子!"年轻生猛的大块头保安冲上来一把掐住牟立新的脖子,走廊拐角三个保安立刻跑过来。

牟海良几人一见情势不对,急忙拉住保安说:"别打别打!他年轻不懂事!我们等这么久,中午头了,想出去吃点儿东西。"

一个保安用警棍戳着牟立新的头说:"告诉你们,这是镇政府,不是你想来就来想走就走的地方!等着吧!"

牟立新忽然醒悟,他们已经被控制了。牟立新知道李兴带着手机，心眼儿也多，趁罗彬礼和保安们交涉的混乱，牟立新低声对李兴说："咱得给陈副县长打电话，报警没用。对了，找战旭、杨屹朵，让他们找陈副县长，我去闹，你打电话！"

"你们想干什么？非法拘禁是不是？"牟立新再一次冲到保安面前，突然推开保安向楼梯跑去。几个保安来追他，牟海良三人也追上去，一群人在走廊里撕扯起来。

这边，李兴已经打通杨屹朵的电话。杨屹朵反应飞快："你把手机调静音，我给你短信。"

牟立新被几名保安拖回屋子，脸上还挨了一棍子。保安叫来增援，十几个人堵着楼梯口。

牟立新靠坐在椅子上，脸上的肉在肿，右眼的视野挤小了，头却在胀大。他思前想后，既有突然失去自由的惊慌，又百思不得其解，是什么时候镇政府决定把他们扣起来的？没有搜身，没把手机拿走，只是告诉他们等回话，是镇政府找不到茂源公司怕他们去县里告状还是另有隐情？

牟立新隐隐觉得，对这些人不能抱有幻想。他曾在网上看到那些野蛮拆迁的案例，有非法拘禁的，有送精神病院的，有意外死亡的，随便写个"野蛮拆迁"放百度上一搜，搜索结果有一大堆。他打定主意，只要有机会，一定要想办法跑出去，否则，不清不楚被他们搞死了都有可能。

外面，杨屹朵和战旭打了好几个电话也没有找到陈副县长。县政府的人说陈副县长今天没在政府大楼，找县长和县委书记，也不在。这时，史继文打来电话，说已经纠集了亲戚朋友连带帮忙的村民三十多人，准备到镇政府要人。杨屹朵说："你们不要大张旗鼓，不要让他们先把警察叫来，最好带人直接闯进去，把人带走就好。"接着，又让战旭去县政府找陈副县长，实在不行，就找县公安局报警，告镇政府非法拘禁。安排妥当，她立即去镇政府和史继文会合。

牟立新几人在屋里呆坐。过了晌午，保安们见大家老实，警戒松懈下来，只留了两个在门口，其余都去走廊口的屋里休息。李兴来到门前，掏出烟来点头哈腰递给两个保安说："兄弟，我想去上厕所，有纸没？大号。"

保安接过烟，李兴急忙给他点着。一名保安起身说："来吧。"李兴跟着他经过楼梯口的办公室，另几个保安正在打扑克。那保安从办公桌里抽出点儿手纸："你自己进去。"指指楼梯口另一边的厕所。李兴满脸感激，进了厕所，蹲在一个开门看不见的坑上，看短信得知村民已经赶来，连忙回短信告诉被拘位置。

下午两点多，楼下响起杂乱的脚步声，很快，七八名男子冲到楼梯口喊起被拘者的名字。牟立新五人听到喊声，立刻冲出来。几名保安抽住警棍想拦，村民们则抽出短钢筋，护着牟立新几人下楼。

保安们见对方人多，都不敢上手。牟立新等人很快被村民们护送到楼下。牟立新跑出楼门，却见镇政府前楼冲出一群人，叫嚷着拦住了通向院门口的去路！最前面的两个保安恶狠狠地冲向村民，全然不惧村民手中的武器。突然之间，姐夫和大庄哥像崩断的皮条一样摔倒在地！是电棍！

牟立新一下红了眼睛，他顺手从花池里捡出两块红砖，斜冲过去，狠狠拍在一个手拿电棍的大个保安脑袋上。另一个保安举着电棍向他冲来，他把砖头掷向那保安，转身就跑。

村民与保安陷入混战。几个被电倒的村民也互相扶助着起来，蹒跚着随人群向外冲。有人喊："拦住他们！警察立刻就到！"村民们心中一急，出手立见凶狠。有些保安见村民拼了命，心生怯意，牟立新和几个村民终于率先冲出了镇政府大门。牟立新回头看见被扶着的姐夫和爸爸仍在院里，他从一个村民手中抢过一根钢筋返身冲进去,扑向拦住姐夫的保安。那保安见他来势凶猛,立刻跑得远远的。牟立新护着姐夫冲出大门,回头再想进去,忽听到杨屹朵的喊声:"别回去!快跑!"

警车的鸣叫迅速逼近,有的村民还在门里,有的保安已经追出大门。牟立新突然听到一声惨叫,他猛回头,见杨屹朵捂着脸单膝跪地,左眼满是鲜血,一个保安接着重重一脚踢在杨屹朵胸口上。牟立新回转身,疯了一样奔过去。那保安正弯腰抓住杨屹朵的头发,牟立新斜冲上去,手中钢筋对准他暴露的下颌狠狠插了进去!保安的脖子扭了一半,看着插在自己脖子里的钢筋,呆视着,嘴巴大张。牟立新猛地抽出钢筋,钝钝地带出从血肉之躯沾染的红白之物,血滴在强烈的光线下四处飞溅。

几辆警车尖叫着停下。"快跑!"杨屹朵嘶声喊道。她正挣扎着从地上站起来,左眼已被鲜血糊住。这一秒钟的互望,两人怀着无限言语,带着无限伤感。牟立新跌跌绊绊地越过地下躺着的人,不再回头,胆战心惊地落荒而去。

三、丽江邂逅

第一轮备审公布了结果,上榜的有四家公司。第一家是日本Jul公司,主做太阳能应用技术;第二家是美国GBD公司,主要从事高尔夫产业及大型社区的绿地设计;第三家是上海的宝基集团,这是一家民营上市公司,有几项水处理技术的专利,算得上实力雄厚;第四家就是我们,亿劢集团,我们公司的建筑环保技术在业内遥遥领先。

我早就想到,不管有多少暗箱操作,既然表面是与政府合作,政府就一定要抛出一张体面的牌,而最合理最体面的幌子,就是环保。这四家公司，虽然三家是环保企业，美国那家公司，也是打着绿地设计的环保幌子，可除了我们，两家外企在业内名不见经传，上海宝基的实力也不如我们。四家上榜企业，竟然没有一家国企，我更加确定，这里面绝对有猫腻。我公司排名第四，很明显，第二轮，县政府打算拿我们当陪榜。那三家企业，哪家才是真神呢？

梁凯说："估计是那家日本公司，日本人最坏，也最了解中国关系学，还排在第一位。"

李颦施说："再了解也没有自己人了解吧？说不定是上海公司呢！"

我说："排第一的不见得就是真神，排第三有点儿靠后，我选第二。"

"得，三家都说了。"梁凯说。

"本来就在这三家之间，每一家都有可能。我们不能靠猜，是要确定。我伸出的橄榄枝，申裕不接，廖敬辉也没消息，这两人肯定有一个是已经拿到好处的主谋。现在时间紧迫，李姐，这事还得靠你。现在看来，陈德强肯定没进入核心决策层，我们得和他摊牌让他帮我们。你先探探他的意思，看他想不想和我们单独见一面。"

李颦施拨陈德强的号码，只听陈德强在那边大声说道："你好你好！好久不见！我也很想念你呀！我现在在丽江！这边有个会！"

"哪天回？"

"昨天刚到，开三天，不巧了哈！等我回去，到你们县去看你！"

陈德强像是在车里，明显说话不方便。挂了电话，两人一起望着我，我说："不用想了，打点行装，咱们立刻去丽江！"

我们在入夜时分赶到丽江,深夜的古城丝毫没有疲累之意,相反,已经变成一座炫彩辉映的奇异闹市。我们嫌古城喧闹,穿过城中心去束河安歇,路上,李颦施已经联系了陈德强,约好第二天晚上找个清静的地方见面。

清晨,我走下楼来,老板娘从侧房探出头热情地问我要不要吃早餐。一会儿,热腾腾的豆浆端过来,煮的鸡蛋是院里自养鸡才下的,吃在嘴里真香,还有嫩绿微辣的凉拌松尖,鲜甜香脆的丽江粑粑。这时,梁凯和李颦施也走下楼。我们边吃边商定,由梁凯去订包房,李颦施负责和陈德强接头,我去银行,办完事后自由行动,晚上提前集合。

出了银行,时间尚早。我独自开车北行十余里,到了玉龙雪山南麓的雪嵩村。这个村子里曾经住过一个名人,叫约瑟夫·洛克,是个美国的探险家,1922年他来到丽江,在玉龙山下一住就是二十七年。

沿洁净的青石板路一路上行,按村人指点,找到一处破败的院门,里面游人寥寥。这里是约瑟夫·洛克曾经住过的地方。屋里只有一张破得不能再破的铁床,一个烂骨架一样的书架,一桌,一椅,一火盆,一个油灯,墙上挂着挂钟,所有遗物都古旧不堪,被阴霾寒风长年累月侵蚀得锈迹斑斑。这明显是一个单身汉的房间。

我的思想似乎迷了路,这里果然有与我相通的孤独。我的孤独就像此刻穿屋而过的阵阵冷风,有关苏晓沐的一切在这颓废破败的旧屋里瑟瑟发抖。我沉浸在回忆里,我想她到底为什么要失踪,为什么她的名字是假的,她到底有什么难言之隐,从一开始就这么防备我,以期消失的一天。

"嗨!你不冷吗?"一个清脆的声音从背后响起。

我回过身,楼梯口背窗的阴影里站着一个女孩儿。我看不清她的样貌，只能看见她的眼睛笑意闪烁。窗外雨声淅沥，我沉溺于思绪，竟没听到她上楼的声音。

"你怎么这么没礼貌？不理人吗？"

我听到熟悉的口音，问："你是北京的？"

"哈，你也是呀！真无聊，这一路净遇到北京的了。"

女孩儿甩着黑油油的马尾辫儿走到我身边，几步路就把死气沉沉的屋子搅得活力四射。她用看破烂物件的眼神扫了一眼那些旧物说："看门老头儿生了火，下面暖和些。"说着，转身腾腾腾跑下楼梯。

我站了几秒钟，发现自己完全被打扰了，再无心绪倾听自己的心声。雨越下越大，似乎没有停的迹象。我独自站了一会儿，也开始觉得浑身冰冷，只好下楼进了柴草房。

女孩儿和两个被雨阻住的小伙子围坐在火炉旁聊天，见我下来，一个小伙子让出张凳子，炉膛里的暖气扑裹在身上，舒服多了。院中早已空无一人，只有回廊下的一个穿着牛仔记者背心的中年妇女手持一部专业相机，全神贯注地拍摄大雨中飘摇的绣球花。

"专业的？"一个小伙子问那女孩儿。

"专业摄影记者。"女孩儿说。

闲聊得知，女孩儿叫许乐陶，十八岁，今年刚考上崇原大学生物系，她妈妈肖瑾送她来上大学，报到之前带她到丽江、香格里拉、西双版纳玩一圈。女孩儿问我们三个："你们谁晚上想去泡吧？"

这时她妈妈走过来，见女儿和一群男的聊得热闹，当妈的窥视欲与敏感立刻反应出来，审视的目光轮流扫过我们身上。我对她点点头，往旁边挪挪："坐这里吧，暖和。"

接下来的时间，许乐陶的妈妈有意无意地询问了我们几人的年龄、工作、来丽江的目的,继而又聊起丽江的风土人情。她妈妈不愧是走南闯北的专业摄影记者,给我们讲了好些典故。我问到洛克有没有女人,她妈妈说:"洛克一生没有结过婚。"

我看看表,已经下午两点,便说:"我要冒雨走了,我开车来的,你们谁要走可以带你们回丽江城里。"

两个小伙子在丽江城下去了,许乐陶母女也住束河。雨仍不停歇,我在束河停车场停了车,让她们母女打着车上唯一一把雨伞回去。我回到旅馆换身干爽的衣服,按梁凯的短信找到和陈德强见面的包房。为了让陈德强减少顾虑,我让梁凯先走。

忽听短信"啵"的一声,打开手机,不认识的号,上写:"晚上陪我去泡吧好吗?我想去古城的酒吧,热闹。"

估计是许乐陶。我把手机号留给她妈妈,不知她是向她妈要的,还是自己记的。我回复:"不好意思,晚上有事。"

在我快要昏昏入睡的时候,听到服务小姐的敲门声。门被推开,李颦施问道:"徐总,怎么不开灯?"陈德强紧随其后。

服务小姐按下墙上开关,房间霎时灯火通明。我急忙站起身来迎上去,请陈德强入座。我让服务小姐上菜,亲自打开一瓶五粮液,给陈德强和李颦施斟满。陈德强说:"今天是什么好日子,有帅哥美女陪着!"

我直言道:"陈县长,我们一路追您到丽江,是因为时间太紧迫,好多事情必须和您通个气。您想必也知道,这块地已经内定了,请您来就是希望您能帮我们反败为胜,这是我们的一点儿心意。"说着,我拿出一个信封交给陈德强,"名字不是您的,密码和身份证号都在里面,已经开了网银,在任何地方您都可以放心使用。这只是表示我们的诚意,事情不成,没关系,我们交个实心实意的朋友,如果事成,另有重谢。"

陈德强把信封推还给我："徐总，你吓到我了，话得说清楚，什么内定？"

"陈县长，明人不说暗话。下个月这块地公开竞标，到现在为止，虽然你们已经从农民手里合法收了地，但只有九百八十亩是商业用地，其余的手续，一个月能批下来吗？一千多亩耕地，就算是和政府合作的招商引资项目，也不能和国家的耕地政策冲突吧？县政府一直对我们讲手续完备，这要么就是少报多征，要么就是逐级开发，这不说明和你们合作的公司早就内定了吗？"

"这个事我知道，当时领导班子开会的时候说过，书记说在竞标前一定把手续办下来。就算办不下来，和哪个公司合作都可以逐级开发，这没有问题呀！"

"那前期征地的费用呢？请茂源公司强拆的费用呢？我们已经调查过那个茂源公司，根本就是皮包公司，包了那么多车那么多打手，谁出的钱？是你们县政府还是镇政府？"

"你是说……这不大可能吧？"

"不是可能，是绝对。肯定有家公司出了这笔前期费用。陈县长，大概是多少，您心里应该有数。我们现在急需查到内定的是哪家公司，它背后的人是申书记还是廖县长。陈县长，谁瞒着您，您应该比我们清楚。"

这时，陈德强的手机响了。这电话大约接了半个小时。从陈德强的对话里，我和李鐾施得知，昨天，茂源公司不兑现补偿金，镇政府和村民发生流血冲突，多名村民因暴力冲击政府被抓。牟立新把保安扎成重伤，在逃。

四、心动

回到束河，我心情沉重。我告诉梁凯，如果牟立新给他打电话，一定要想办法劝他投案，告诉他那个保安还在医院抢救，我们可以请最好的律师为他打官司。他还没满十八岁，如果投案自首，在量刑上会轻许多。我没想到，十七岁的花季少年，一夜之间成为逃犯，这一切都源于，造城热已经变成瘟疫，以不可阻挡之势席卷着越来越多人的命运。

手机响起来，是许乐陶。我听到她似醉非醉的甜腻声音："大叔，你能接我回去吗？我在古城，喝多了，我妈都快急死了，她打电话我不敢接。我在凯仑酒吧……"她的声音突然远了，我听到嘈杂的酒吧背景里她隐约在喊，"干吗！给我……"接着便断掉了。

到古城后，我给许乐陶打了几个电话，都是无人接听。我且问且寻，看到酒吧招牌时，溪流两旁的幽深青石台阶上挤满红男绿女，正在对歌，唱的是大刀向鬼子头上砍去。我进酒吧找了一圈，里面没什么人，又出门找，放眼望去全是人头。这时我的手机响了，我接通电话大声喊："你在哪儿呢？我在凯仑门口！"

"我在凯仑对面的屋顶上，怎么没看到你？"

我抬头，见许乐陶坐在对面房梁上手拿酒瓶正往下瞅，旁边还有几个年轻男女，一副混混打扮。我对着电话喊："你立刻下来！"说完挂断电话走向对面。

一会儿，许乐陶下来了，带着满身酒气和我来了个大大的拥抱，用很显摆的语气对身后几个人摆手说："我回了，你们玩吧！"

她挎住我胳膊，我斜了她一眼没好气儿地说："拿我做挡箭牌是吧？"

"被你看出来了，耽误你泡妞吗？"

我懒得理她，径自往前走。走了一会儿，她问："你有女朋友是吗？"

我无法用语言描述崇原这片土地让我多么忧伤，就像消失的苏晓沐、逃亡的牟立新，以及此刻被无数酒吧、饭店，各色各样无聊的人们充斥的丽江。他们把绝望隐埋在浅薄的希望中，用艳遇的委靡气息遮掩内心一潭死水的脓肿。

到了她住的旅馆门前，她说："谢谢你。"

我说："不客气。"

"真的谢谢你。其实咱俩就是萍水相逢，交情没到，是我过了。"她突然跳到我面前，在我脸上"啵"地亲了一口，对我嘻嘻一笑，转身跑进旅馆大门。

我呆愣片刻，转身往回走，湿漉漉的石板弄湿了裤脚。月光柔和地涂上我的手臂和肩膀，涂在两旁蓝瓦瓦的围墙里半遮半掩的树梢上。她的唇那么新鲜温软，带着青春无敌的甜美。我忽然想到同样年轻却在黑暗中奔逃的牟立新，惋惜和悲伤的阴影在脑海中反复拉扯。

回到住处，我接到她的短信："我躺下了，还好我妈没疯，你是好人，再次感谢！"

我们从陈德强处得知，牟立新他们已经被定性为涉嫌聚众冲击国家机关并立案侦查，同时对牟海良、史继文、罗宝坤等八人刑事拘留，如果要追究刑事责任，这些人有可能面临五年以上有期徒刑。但还没有起诉他们，估计是要留有余地，借此威胁家属达成协议。

县公安局下发了对牟立新的通缉令，只是例行公事，并未大张旗鼓。杨屹朵虽然受伤严重，在事发当天还是被拘留起来，后被她父母找到市里关系接走。她父母和县政府达成协议，县里不追究她的责任，她也得保证从此不再以任何方式参与此事。

招商小组的六人里，廖敬辉一向和申裕保持一致，常务副书记是申裕的人，财政局局长是陈德强的兄弟，汪康礼是个老好人，向来看申裕的眼色行事。专家团是从建设局、规划局等几个市属单位的二十几个专家里抽签产生的，而且是在竞标的两天前抽，抽中的专家当天到仙梦奇缘集合，直到竞标结束后才能和外界接触。

梁凯说："人家占地利人和，要买通一半很容易，我们就难了，还剩二十三天时间，就算我们现在开始跑，二十多个专家都拜到，也不过混个脸熟。"

我说："死马当成活马医，什么抽签，还不是单位内派！这几个局的局长我们都认识吧？至少有两个局长和我的关系肯定好过申裕。既然是打分制，被收买的也不可能做得那么明显，只要我们保证质量，还是有胜算的。"我又对李颦施说，"现在看来，申裕明显保着镇长。让陈德强搜集镇政府非法拘禁的证据，还有镇长和申裕勾结的证据。我们竞不上的可能性是很大的，如果我们竞不上，就争取让竞标流产！"

第四章　黑恶势力

一、劫持

一张鬼脸在黑暗中出现，慢慢凑到面前。伍利想高声尖叫，却发现自己的喉咙只能发出嗬嗬的声音。他意识到疼，哪里都疼，后脑更是疼得难以忍受。伍利试图蠕动一下肥胖的肚子，那里的肉窝得他喘不过气，在他蠕动之前，恐怖的想法比行为更先到达肉体，手脚都被绑着，他意识到，自己被绑架了。

戴面具的男人一只手拿着东西慢慢伸向他眼前，手一动，亮了，是手机托着的两张银行卡。"说密码。"

"你，你是谁？我在哪儿？"伍利听到自己嘶哑干涩的声音。

男人抽出一把雪亮的水果刀，缓慢却毫不犹豫地把刀刃插进伍利胸前的肉里。伍利杀猪一样叫起来："我说我说！"

……

小屋伸手不见五指，伍利把脸从冰凉粗粝的地上挪开，在黑暗中瑟瑟发抖。胸口刀伤扯裂般疼痛，虽然只一刀，他也能判断出那男人下手的利落与狠毒。刚才借着手机亮光，他看到那男人身形高大，却无从判断是不是认识自己，是仇人买凶？还是偶然遇到的劫匪？

伍利无法判断自己昏迷了多久。他仔细回忆过程，下班，开车去医院接王小萍，去饭店包房，从包房出来后把王小萍送到加油站，给她叫辆出租车让她自己回镇上，自己则开车返回县城的家里。路上发现车胎有问题，他下车检查，突然脑后被击失去知觉。

车胎被人做了手脚？难道是王小萍的丈夫？那两张卡是自己出来玩的小钱，如果只是单纯打劫，他们单凭身份证不会知道自己是镇长，大不了破财免灾。关键是这些人知不知道自己的身份……

戴鬼脸的高大男人再次进来，手里拿着杯水。他饶有兴致地看伍利努力撑起肥壮的身体。伍利的手被反剪，他想哀求，又怕提过多要求喝不到即将到口的水。男人抬起一只脚，坚硬的鞋帮贴着伍利的脸，帮他撑起身体，又蹲下身，把水慢慢喂到他的嘴里。伍利只喝了一口，立即明白这残忍男人近乎慈悲的动作里的意味，水里有股明显的药味。

当伍利再次醒来时，看到门下有隐隐一线亮光。他虽然尚有理智，却抑制不住地呼号。他觉得自己随时都能一命呜呼，手脚没有知觉，加上长久在黑暗中的恐惧，相比之下，他宁可让那人过来慢慢割自己的肉，用痛来换取活着的光亮。

当伍利觉得自己奄奄一息的时候，门锁开了。戴鬼脸的高大男人蹲在伍利面前，即使戴着面具伍利也能感到他面具后的笑意。伍利气息奄奄地说："我……全部家当都给你了。我不认识你，你要是放了我，我保证不报案。"

男人不说话。

"要有半句谎话，让雷劈死我全家。"

"嘿嘿，"那人终于阴阴地笑起来，"家里有谁，一个个说，说名字，说地址，说仔细了。"

伍利抽搐了一下："兄弟，钱都给你了，你逼死我全家，有用吗？"

那人站起身，突然一脚狠狠踹到伍利胸口，伍利向后仰去，男人上来踏住伍利的脸。"王八蛋！敢骗老子！再有一句假话，我把你活埋！"

"我发誓我发誓！我爸伍、伍先进，我妈、我妈何秀花，我老婆赛文华，我大女伍安怡，小儿伍安邦！我，我爸妈家在……"

"新义村西街三巷八号。伍镇长，"男人拍打着伍利的脸，"这就对了。"

"你……"伍利只觉得头轰的一声。他闭上眼睛，想了一下，"朋友，你说，你想咋整法，你说的我能做到，一定做，做不到，命你拿去。"

"三百万，赎你命。"

"你……你杀了我吧，你就是杀我全家，我也变不出这么多钱。"

"嘿嘿……"男人笑着，"和新村的扒房钱，你分了多少？"

二、稀世之美

我和彭济元分别在协议上签字，站起身握手，旁边众人为我们鼓起掌来。

自从公布二轮竞标名单，芬姐就暗示我把相关业务交给彭济元的中元公司。集团已经派来土地规划师李凡和设计师朱颜同，找彭济元公司合作无非就是让他们做些辅助设计并把策划书结集成册。当然如果竞标成功，未来所有商业广告也都要交给中元公司。这是一条利益链，每个扣在链上的环都会被镀得金光闪闪。

我和李凡、朱颜同随彭济元来到他的办公室，秘书泡上功夫茶，彭济元问："卡夏回来了吗？"

秘书说："快到了。"

彭济元把一本画册递给我说："兄弟，这是我的金牌设计师的作品，她得过崇原省建筑类设计一等奖，正在参与做一个房地产项目，好说歹说那边老总才放人，你先看看。"

翻开第一页，我倍感惊讶，正是那幅得奖作品。按说广告公司的建筑设计都是针对后期的商业销售，一般只停留在3D效果图和平面广告上，而这个设计师的作品的确是建筑设计，不只有内部和外表的艺术效果，还对给水排水、空气调节、电气燃气、消防防火等做了附图说明，其中不乏亮点。

我说："大哥，您这么重视，兄弟先谢啦！"

彭济元笑道："我是怕赚不到银子还要遭你背后骂。"

一会儿，门被推开，我突觉眼前熠熠生辉，竟然进来个绝色美男！头发染成铁灰色，脸像大理石雕琢的最完美的作品，眼睛像黑宝石一样深邃，长长的眉毛像画的一样浓黑齐整，挺直的鼻梁，优美的唇线，身材瘦削匀称，恍若古希腊的美少年遗世独立。男孩儿对彭济元说："彭总您找我？"

"你是女生？"他一开口，我的问话脱口而出。男式牛仔，男式板鞋，阿奎哥式的前卫短发，如果她不说话，我真以为她是男孩子。

听了我的话，她表情淡然地点点头。彭济元介绍说："这是亿励集团的徐总、李设计师、朱设计师。这是李蔚佳，我们都叫她卡夏。"

她向我们问好。我问："卡夏，是《暗黑破坏神》里的先知吗？"

她眼睛里闪过一丝惊讶，点点头。

"什么破坏神？"彭济元问。

"是游戏，Casha 是先知者，《暗黑破坏神》中的 NPC 之一。"

"NPC 是什么？"

"彭总，千万别让我给你讲游戏。卡夏，最近就得辛苦你了，你听李凡经理的安排吧，可能会经常加班，我们会按国家标准补助。"

"好的。"卡夏点点头。

卡夏带李凡和朱颜同去设计室拷贝资料。他们一出门，彭济元用雪茄剪把一支高希霸雪茄剪开一个缺口递给我。"这孩子是崇艺油画系的高才生，今年才二十五岁，已经拿过不少奖了，还给日本一个大企业做过商业案，前途不可限量。"

点燃了雪茄，我轻轻吸了一口，让馥郁的香气浸满口腔，心里却想着另一件事。二十五岁，崇原艺术学院，她毕业的时间不是和苏晓沐离开的时间差不多？她们会不会认识？我曾去过崇艺，打听过苏晓沐还有她的《破晓之日》，没人知道。但在我寻找的过程中，发现她的描述，无论是吃的玩的用的，都无一例外地正确。我相信她透露的都是她曾经真实的生活，现在最有可能的是，苏晓沐是假名，如果三年前她真的在崇艺工作过，和卡夏读书的时间正好吻合。以卡夏惊人的美貌与才华，又是这么特立独行，哪个老师或是学生会不认识？而以苏晓沐惊人的手绘速度，高超的油画功底，又会有哪个油画专业的学生不记得？

我决定找机会仔细问她。

三、原视角

我带着集团一众人来到和新村的规划地块，得到了永昌镇政府的热情接待。不过接待我们的是副镇长，据说镇长伍利生病了，正在县医院住院。

对这位敢于非法拘禁农民的镇长大人，我是想见识一下。他是强拆的直接领导者，我甚至还奢望能收买他，从他身上挖出那家背后公司的内幕，他的缺席真让我失望。

吃过晚宴，我们赶回云河市。刚进房门，就接到芬姐打来的电话，告诉我明天彭济元请客，她中午来接我。

明天是周末，她来接我，就是要我单独参加。我心中了然，彭济元接了我这个大单，自然要有所表示。

第二天午后，我接到芬姐电话下楼出门，远远看见黎莹笑嘻嘻坐在汽车前座冲我使劲儿招手。我坐进车里，黎莹告诉我要去的地方叫仙霞湖，那边有许多渔洞，鱼超好吃，边说边咽口水。

一路彩云多变，风光秀美。过了玉澜，又拐过几座山，进了沿湖车道，碧波万顷的仙霞湖一下进入眼帘。车开进湖边停车场，彭济元、韩博群和两个美女已经站在停车场外。大家一起随彭济元走过湖边成排的酒肆。所谓渔洞，指的就是这些酒馆。又走过一段沿湖山路，转过山弯，看到一艘二十多米长的白色游艇，优雅地傲立于湖水之上。

黎莹一声尖叫，率先奔过去。这是一艘中型游艇，浅米色地板，白底儿浅湖蓝的舱体，二层平台顶，宽阔的白色船篷投下大片阴凉。我在一张靠栏杆的椅子上坐下,眺望湖水,突然胸中一阵痛楚。要不是因为这游艇的豪华,我几乎以为自己从相同的梦中醒来,当我睁开眼,苏晓沐婀娜的身影正从我眼前掠过。

最近,我对痛苦已经越来越麻木,我渐渐接受了苏晓沐消失的事实。我应该感谢另一个女孩儿,在我最痛苦的时候给我安慰。许乐陶经常在我空间里留言,临睡前给我短信。自从丽江分手,她和妈妈去了泸沽湖,在她妈妈严厉的监管下,闲极无聊时骚扰我成了她最大的乐趣。她有时叫我大叔,有时叫我老公,她给我留言说:"不要一叫你老公你就偷着乐。在我的一群老公里,只有你名副其实,因为你真的最老,而且是公的。简称老公。"

她的留言经常逗得我哈哈大笑。在苏晓沐失踪之后,很长一段时间我生不如死。是许乐陶救了我,是她充满活力的快乐把我从巨大的伤痛之中慢慢拯救出来。

游艇平稳地向东南行进。东岸的山峦遥不可及,向南,湖水深碧漫无边际。高原的夕阳依旧耀眼,但变幻的云层已经由金黄艳红逐渐转变为浓重的黄褐与红棕。我们喝着鲜美的鱼汤,吃着金黄的香气扑鼻的铜锅洋芋焖饭,配着当地野菜做的清新蘸料,听彭济元娓娓讲述仙霞湖的历史。

仙霞湖西南连着另一个大湖,星云湖。两湖都是高原断层湖。仙霞湖湖面广阔,方圆几百平方公里,最深达一百五十米,所产鱼种搏浪好动,现在几近绝种。2006 年,对仙霞湖的水下勘测更是震惊考古界。在湖底,发现了完整的水下古城遗址,还发现了许多奇怪的尸体,他们密密麻麻,纷纷直立于湖底,身体像裹了一层厚厚的蜡,既没有腐烂,也没有被鱼吃掉。这些尸体时间长短不一,有的只有十几年,有的已逾千年,专家们称为蜡尸。

韩博群说:"我也听说过,有许多人在仙霞湖自杀,但尸体就再也找不到了，原来都沉到湖底了！"

我倒吸一口冷气，想到了失踪的苏晓沐，急忙暗暗在心中呸了两声，努力驱除这荒谬的念头。无论她为什么失踪，我都不希望她在湖底直立。

饭后，甜点和冰淇淋端上来，大家仍兴致勃勃，分析着蜡尸成因。斜晖流水般铺展，蜕变成黄昏的油彩，桌上的鸡尾酒杯像是注入了琥珀的金色。

"看！好美啊！"黎莹忽然伸手指向我背后。我扭头望去，不知何时，游艇已靠近两座对峙的墨黑幽暗的山峰，一轮刺眼血红的夕阳正在山峦之间。湖水黑暗动荡，只有夕阳之下的一片血红。

在瞠目结舌的一瞬间，我意识到自己正在同一个视角，黑暗的山峰之上，暗金墨绿土黄赭红的折射光芒正拼命从青黑色暴烈翻卷着互相挤压的云层之中蹿出，无边无际的黝黑湖水动荡不安，像是无数死灵正在湖面下抖动。

山峰的距离、角度，山巅卷曲暴烈的靛青色云层……那些翻卷，撕扯，压迫，在我第一次看到时给我的冲击……阴暗奇特的配色，湖水中蜡尸的传说……那些漂浮在水面之下若隐若现的人形……

该死！我头晕目眩心跳加速，那幅叫作《破晓之日》的狰狞画作如狂烟漫卷逼仄地压迫住我的脑海。我的心脏在咚咚狂跳，五脏六腑缩成一团，战栗地核对着这几乎是原貌的景象，她的用色多么逼真，她的下笔多么准确，我遇到一个鬼，一个敲骨吸髓的厉鬼！我的脚下正踩着她，苏晓沐的痛苦之源！她夺走我的魂魄，而我，竟然踏进了她的巢穴！

我突然冲向栏杆，头痛苦地伸向湖面撕心裂肺地呕吐，我只能用这种方式来掩饰突如其来的歇斯底里和胸中的吼叫！芬姐过来轻拍我背,我嘶哑着摇手。呕了一会儿,我抬起泪水汪汪的眼睛,眼前的画面越发熟悉,我接过黎莹端来的清水,漱口又泼到脸上。

现在我终于理解了那幅画的意境,理解了那些漂浮在水面之下灰白的有着空洞眼睛的浮尸!她果真有描绘死亡的功力,绝望、虚无、洞穿一切;她果真万分孤独,长久地找不到一个可以求助的心灵。她的消失与这画面必然相关,无论她外表的壳看起来多么美好,那幅巨作才是真正的苏晓沐!没有人能走进她紧闭的心,除了死灵。

我的晕水、肠胃不好、高原反应,为大家的仙霞湖之行扫了兴。当晚下了游艇,我们就全体返回云河。

夜里,我做着癫狂起伏的梦,醒来时太阳高照,一大片树叶艳绿地点缀在灿烂无比的窗前。我记起了昨晚,那些画面像是我看过的电影。现在我已经不相信自己了,我想也许只是我的错觉,我什么都不能确定。

我起床用冷水冲把脸,下楼独自开车出门,堵堵停停中耐着性子开上云玉高速,然后一路狂奔,中午时分到达了仙霞湖。

今天是周日,停车场已经满了,放眼望去,湖边的游泳区像是下了饺子。管理员指挥我在树荫下的临时车位见缝插针,我停好车,戴上墨镜,顶着炎炎烈日走到湖边租船。

很快有人上来拉生意,是个瘦削的皮肤晒得黝黑年龄在二十岁上下说话带河南口音的小伙子,名叫小毛。听说我要包船,欢天喜地,听说我要包一晚,他立刻警惕起来:"大哥,你想去啥地方?这湖大着呢,深着呢,夜里危险!"

"就我一个人,到湖里那两座山之间,多少钱?"

"那么远?干啥去待一夜?要是起风会翻船!"

我拿出一千块钱。

"大哥，非得过夜？"

"对。"

小伙子犹豫一下，接过钱，"就咱俩，不许再让第三个人上船。"

太阳已经坠入低云之下，之上，则是最后一片流光溢彩的天空。大团紫褐泛着沙金的卷曲云层费尽力气向下翻滚，压迫两座青黑色的山峦。现在的视角比昨天更加准确。在长久独自的凝视里，我了解了那些细节，那个女人在渐渐黑蓝的湖水中如痴如醉地描画，画作里那些明亮的血红、黝黑的湖面、诡丽狂莽的黑暗与血色交织的绚烂。现在我才了解，自己是如何愚钝，把那么真实绮丽的自然画卷当成阴暗。

她曾对我说过，那幅画她已经画了三年，如果她无法再见我，她会回来完成那幅巨作吗？她最后留给我的 QQ 秀，会不会有其他深意？一个女人孤独地站在昏黑而广阔的湖边，她是在暗示我这是她最终的归宿，还是在怀念，在获得终结之前，她会像我一样疼痛？

夜色降临。夜晚的湖水发出阴森森的粼光，像隐藏了无数漆黑的眼睛。不知何时，我倚着船头睡着了，又被马达声惊醒。我迷迷糊糊睁开眼，扭头叫了一声。小毛喊道："大哥！对不起啊！我刚才打了个盹，船漂了，我开回去啊！"

我们的船漂到山边，在黑暗中，我仍能辨别出山上树木茂盛，像一堵随时能扑压上头顶的浓艳绿墙。小毛大声说："大哥，还有一阵天亮呢，聊聊吧。你是做啥的？"

"画画的。"

"画啥？"

"就画那两座山，还有湖水，还有晚上落下去的太阳。"

第四章 黑恶势力

"我们这儿周围有好多画画的,都是在岸上,白天画,支个架子。难道还有夜里画的?我没见过。"

"对了,小毛,我想要找个人,是个女的,也和我一样,要画这幅画,所以,她也可能经常租船过来。"

"仙霞湖上租船的我都认识!这人啥样你告诉我!"

"二十九岁,长发,烫着大波浪,个子能有一米六八吧,挺瘦的,身材很好,大眼睛,长睫毛,脸色有点儿苍白,长得挺漂亮,尤其是她的声音,你知道林志玲吗?"

"知道知道!大美女,说话好听!"

"这个人的声音和林志玲有点儿像,但比林志玲有力度,和一般女人说话不一样,你听到肯定能分辨出来。你要是能帮我找到她,我给你这个数。"我伸出手。

"五千?"

"五万。"

橘红鲜亮的太阳从湛蓝的湖水中慢慢升起,突地一跃升到半空,两座青山霎时光芒万丈。仙霞湖夺目的日出让我更加坚信,苏晓沐画的是日落。也许她用《破晓之日》这个名字另有寓意。无论如何,日出给了我希望,好像我发现了她隐秘的家,只要守在门口,总有一天会看见她的身影。

上岸给船主小毛留了电话,我立刻开车回云河。今天是周一,日程安排很满,我着急回公司,车开上高速公路便加快了速度。忽然,我发现方向有些侧偏,急忙把速度减下来,但情况并没改变,轮胎的声音异常。我看到前面有临时停靠的加宽路肩,便把车停下来,下车检查轮胎,果然,右前轮胎里扎了一枚半弯的旧钢钉,有些轻微漏气。我低声咒骂一句,放好停车制动器,打开危险警告指示灯,拿下千斤顶、手柄和扳手,开始更换轮胎。一会儿，一辆面包车也停进了路肩，车上下来一个戴墨镜的男人，车没熄火，他也蹲下检查他的轮胎。我扫了他一眼，并未在意，就在我换好轮胎准备卸下千斤顶时，突然脑后一阵钝痛，接着就失去了知觉。

四、黑手

当我重新有了意识，以为苏晓沐正在注视我。她的声音透过黑暗的湖水，厚厚地在腹下流动，我无法问话，无法让她懂得我的悲伤，随后我意识到是在做梦，我慢慢张开眼，没有一丝光亮。

脑后的疼痛提醒我，我被袭击了。我试着动了动手脚，发现双手被铐住了，还好是从前面铐的。我感觉浑身冰冷，换了个稍稍舒服点儿的姿势，其他身体部件都还正常。我禁不住暗自庆幸，但恐惧也随之而来。是谁劫了我？是劫财还是……竞标还未开始，难道是陈德强把我出卖给了那家幕后公司？

现在回想起来，我真没发现谁在什么时候走到我背后。也许是云挡住太阳地上没有影子，也许是发动机的声音掩盖了脚步，也许是光天化日之下我太有安全感；但我敢肯定，我是被人盯上了，车也被做了手脚，不然那么厚的越野车轮胎怎么可能被钉子扎透。这么一想，我更冷了，像掉到冰窖里不由自主地哆嗦。这么躺了一会儿，忽然听到脚步声，我的心又紧缩了一下。门拉开了，一个男人走进来，借着门口的微光，我全身突然缩紧，我看到一张恐怖的鬼脸，随后我想到他是戴了面具。

他手中拿着一把铮亮的匕首，走到我面前蹲下。"坐起来！"他把冰凉的刀刃贴在我脸上慢慢滑动，又把两张卡递到我面前，

第四章 黑恶势力

"说密码。"

这是我的银行卡。我立刻说了密码。我的表现似乎让他很满意,他从我脸上收回了刀。"每张卡里多少钱?"

"工商那张,三万五,中银的,十五万七……"

"装穷哈!"他一脚踢在我胸口上。

我顺势仰倒,同时判断着他的力量。

"命得拿钱买,你没钱,就没命。"

"多少钱?"

"三百万!"

"三百万?"我故作为难,免得他狮子大开口。

"投资商有钱哈!这样吧,我先切你一根手指,拿不到钱,把你身上突出来的物件一根一根削下来!"

我心底涌出一阵寒意。"兄弟,既然你知道我的底细,就应该知道我就是一打工的,你说要三百万,我老板不会给我拿一毛钱,我爱死不死,死了他再雇别人。"

他再一次蹲下,抽出刀,我全身一下子抽紧。"别给我装可怜,你给了伍利多少钱,让他扒了和新村的房?"

"不是我!谁告诉你是我做的,你拉他出来对质!我7月6号才到云河,连十谋县在云河的东南西北都不知道……啊!"我大叫起来,因为他突然把刀尖刺入我的小腿。

"再不说实话,老子卸你一块肉烤着吃!"

"我不敢骗你!真的!"我感觉他只是想恐吓我,刺得并不深。因为刀在我腿上,他横劈着腿,裆下出现了空当,一瞬间我已判断无误,抬腿一脚狠狠踹在他裆上!

他大叫一声向后仰,刀刃离开了我。我向右一滚,双手一撑跳起来,转身飞起一脚踢在他的下巴上!他被我扫倒在地,我向他冲去准备给他致命一击,门开了,三个男人闯了进来。我急速后退紧握双拳准备拼死一战……

"牟立新？"闯进来的三个人，我竟然认出了两个，牟立新和老四哥。

鬼脸慢慢从地上爬起来，老四哥问鬼脸："么的事？"

鬼脸摇摇头。

牟立新拿出一把钥匙扔给我，"自己开锁吧！"

我接住，"行啊牟立新，你够狠，绑架我，谁说我拆了你们和新村的房？"

牟立新说："你们先出去吧。"

鬼脸盯了我一眼，同老四哥和年轻男子走出去。牟立新问我："你是开发商？"

"是。"

"你知道伍利吗？"

"永昌镇镇长？我当然知道，但我没见过他！"

"我们劫了他，是他告诉我前天你到和新村看地。这两天我们一直在跟你，但不是我跟的，他们把你劫过来我才认出是你。没想到，曾经帮我的人，恰恰是要买我家地的开发商。"

"牟立新，你要清楚，是十谋县政府要卖你们的地！我们只是买家！"

"好，你就说，是不是你找人拆了我家的房？"

"不是我。我们在市政府碰到，我才知道强拆的事，你可以想想当时我的态度。"

我们对视片刻，牟立新说："我信你。第一眼看到你，我就想也许是劫错了，应该另有其人。"

他弯腰捡起银行卡递给我，又推开小黑屋的门进了侧房，出来时手里拿着我的包和车钥匙。"你走吧，我送你上大路。"

我随他穿过两个堂屋，再出来是一个大院子，堆了许多木头，月光下像是一个大木工作坊，我的车停在后院。我打开车门让他坐上来，月光的光影温和地洒在他脸上，他的眼神模糊而苍凉。

"你相信伍利的话？"

"不是相信，只是分析。他说强拆当天晚上他接到消息让别管，他就通知了公安局，让他们接到报案后晚点儿去。我问他谁打的电话，他说是茂源公司。后来推了房，就出现了一家来头特别大的公司，这家公司原来并没在他们镇政府的接待名单里，后来是县政府办公室把名单传过来的，上面有县委书记的签字。他说我们被拘留那天，他没在镇政府，办公室的人告诉他我们来了，他就让办公室的人给茂源公司打电话。可茂源公司让镇政府找亿励集团，说他们只是拿钱办事，赔偿的事和他们没关系。他当时很着急，因为我们上访和茂源公司补偿的事，他挨了县里几次批，他怕我们再去县里告状，才告诉办公室的人先不让我们走，他想查清楚茂源公司和亿励集团到底是什么关系，结果他还没回来就出了抢人的事。那天我们开始的确没被拘，只是让我们等着，中午的时候才觉得不对，不让我们出去，但一直也没搜我们的身。我想这几句话是真的，开始他的确没想拘留我们，是后来才有变化的。"

伍利把所有细节都说得合情合理，只在一个问题上撒了谎。他为什么指名道姓说是我们集团？是随口的三选一还是另有隐情？现在有一件事可以肯定，伍利知道背后这家公司，他很有可能是强拆的主要策划人之一，是链接所有内幕的关键人物。我问牟立新："伍利呢？"

"周五跟上你之后就把他扔云河了。"

我说："希望你能相信我的话，遇到你那天，我才知道和新村被强拆的事。那个保安没死，伍利和这个案子脱不了干系，而且我敢保证，他绝对知道是哪家公司雇的凶。我们现在也在找那家雇凶的公司，因为这和我们能不能竞上这块地有很大关系。牟立新，我劝你一句，收手吧，现在还来得及。如果你只劫过伍利和我，我可以帮你把这两件事摆平，你伤保安那件事，是他们非法拘禁在先，我可以请最好的律师帮你打官司，有把握让你被判得轻一些，你还有机会堂堂正正做人。如果你坚持走这条路，就算报了仇也把自己毁了，值得吗？"

"你如果真想帮我，就帮我找到凶手。"

"找到又怎样？"

"你说对那些强拆我家房子的人，我应该怎样？"

"我能理解你的心情，但我告诉你，这仇你报不了。官商勾结，雇流氓地痞砸了你家，你能把这些人全杀光吗？发生这样的事，还有很多深层次的原因，如果没有政策上的漏洞，会发生强拆吗？你是不是要把造成政策的人都杀光？你要知道任何政策的初衷都是想让老百姓过好让国家更安定的！听我一句，别让自己走上绝路。"

"你真是站着说话不腰疼。砸的是我家，伤的是我，是我爸妈，凭什么我们要忍受这种不公？凭什么我们农民就得任人宰割？照你的逻辑，我杀谁，谁也就和我一样，成了政策漏洞的牺牲品，成了大环境的牺牲品，所以他们被杀和我家被砸一样，算我们一起倒霉，是社会深层次的无法解决的原因！不是我想走这一步，本来是想让政府保护我们的，可政府做不到，我们只能自己保护自己。如果你真想帮我，就帮我找凶手。"

我拿笔写下一个电话号码递给他："我的电话，你多买几张手机卡，打电话前先给我发个短信，5521，我就知道是你了。如果你想清楚了，想自首，找律师打官司，随时找我。我还可以帮你们村里那些被抓的人找法律援助，但是我不会让你去杀人。你要是被抓，我也不会承认我认识你。"

五、葬情

我终于找到通往云河的公路，在一个比较大的加油站休息区停进来。我的手在方向盘上不停地颤抖，后脑疼痛欲裂，我进了洗手间使劲儿漱口，又用冷水冲自己的脸和后脑勺。冰冷的水冲在被打的地方舒服多了，我试着摸了摸，被手感吓到了，我的后脑勺有一个比鸡蛋还大的包。

看到超市门口有张凳子我一屁股坐下不停地搓自己的双手，深蓝的星空正在逐渐黯淡，向远方挪移，橱窗透出温暖的灯光。在这个不可思议的世界中，我像一只在疯狂之前静默的猛兽，被重获新生的狂喜与后怕眩晕地围剿。在我的脑海里，黑暗的、巨大的漩涡正在向无底的深渊卷流。鬼脸、牟立新、伍利、申裕、陈德强、苏晓沐、强拆背后那些影影绰绰的人形……他们全都变成鬼影，在我面前挥舞着手臂，把我指向未知之地。我再一次审视自己，为什么要卷入这场黑暗的角逐，那个叫苏晓沐的女人冷冷地浮出水面。为了她值得吗？不值得。既然不值得，我为什么还要等在这里？

虽然是凌晨四点，我仍拨通了卡夏的手机。卡夏睡意尚浓："喂？徐总？"

"卡夏，你上大学的时候，你们油画系有没有一个年轻女老师，二十三到二十六岁之间吧，手绘能力很好，她的一幅画叫《破晓之日》，没画完。我不知道她叫什么名字，三年前就离开你们学校了，有这个人吗？"

"《破晓之日》？没听说过，我们有好几个年轻老师呢，有个况老师出国了，有个何老师调上海美院了，具体什么时间我可不知道。她长什么样?"

"大眼睛长头发,个子比我稍矮一点儿,声音很特殊很好听。"

"那应该是况老师。"

"她叫什么?"

"叫况思含。她出国了,得过不少奖,你在网上能查到吧。"

我挂了电话,像打了鸡血一样开车回云河。进屋打开电脑,在百度上打上况思含三个字——

况思含,女,1980年4月9日出生,1990年师从于著名国画家魏元墨先生学习绘画,1998年考入鲁迅美术学院油画系。2000年,油画作品《睡眠的意义》入选中国油画作品联展……2004年,油画作品《云之南岸》获云河市政府文艺奖一等奖……

我心如刀绞。我想要一生一世的女人,果然刻意隐瞒了她的真实身份,她不告诉我真实姓名,不留家里电话,不留高像素照片。我的推论是正确的,她早已料到她有失踪的一天!在她心目中,我、雨珊、导师,我们这一群人,说到底还是大路上随意碰到的外人!哪怕我们对她再真诚、再好,她都习惯于用假面面对我们。怪不得她从一开始就拒绝我,怪不得她那么确定她不能和我在一起。

手机突然响起来,是李颦施。"徐总,回来了吗?陈德强要过来见你。"

"不见,我今天有事。"

"他说有重要的事。"

"你处理。"

"好的。"李颦施欲言又止,挂了电话。

我独自下楼,叫的士来到崇原艺术学院。我径直进去,一个女生抽着烟旁若无人地和我擦肩而过。上到三楼，油画系办公室的门开着，里面只坐着一个年轻的女老师。

就在不久之前，我还来这里打听苏晓沐，好在这老师上次没见过。我问她况思含，她说油画系没这个人。这时下课铃响了，一个留半长头发戴灰黄格帽的五十来岁的男人进了屋，听我问况思含，他上下打量我说："她都走好几年了，你是谁？"

"我是她鲁美的同学。"我撒了个谎，心里却有些紧张，怕上次遇到的哪个老师突然进来。

"哦哦。"老头儿拉长了音，"你是她同学呀，你们应该很久没联系了吧？"

"从毕业就没再见面。这次来云河出差，想见见她。那，有没有她的联系方式？"

"你去基础部，找一个叫孟娜的老师，问问她有没有。"

我顺着外置的交叉楼梯爬到五楼，找到了美术系基础部的画室。画室的门半开着，传出拉赫玛尼诺夫苦闷的钢琴协奏曲。屋顶开着天窗，虽然点着白炽灯，在阴天里也显得有些暗。一个穿着浅黄色短袖上衣的女老师正微弯着腰在一个学生的画板上比画。她三十二三岁的年纪，侧脸的轮廓很柔和，高高的鼻子让我印象深刻。我见过她，上次找系主任打听苏晓沐的时候，她正和系主任在一起。

她直起身时看到了我，眼睛一闪，我想她是看着我面熟："你找谁？"

"您是孟娜老师吗？"

"我是。"

"那我就找您。"

"哦，我在上课，你……"

"没关系，我等您下课。"

她点点头，转身回到教室。她似乎已经想起我是谁，并猜到我的来意。在她踱步的时候，我怀疑她在编谎话。我更紧张，既有接近答案的慌乱，又盘踞着乱七八糟的想法。我环顾四周，那么，这里就是苏晓沐曾经待过的地方。阴暗的光线、破旧的画室、陋光的天窗、门内可以瞥见的画板，我甚至能嗅出她思想游荡的印痕，这一切都让我有种熟悉的感觉。

下课后，孟娜走出教室，我随她出了大楼，一路上我们都没说话。走到校园的林荫里，找一张石桌面对面坐下，我说："您是况思含的好朋友吧？"

"是的，你呢？"

"我叫徐曦朗。"

"你上次找的是她吗？"

我没回答这个问题，而是问："她回来了是吗？"

"你找她有什么事？"

"孟老师，你应该是她非常好的朋友，你把我带到这里，不是在教室门口随便说两句，已经表现出作为好友的责任感。我没有别的要求，只想请你给她带个话，她是否愿意见我一面，给我个合理解释。如果不愿意，你告诉我就可以，我保证以后就算在大街上碰到我都不会和她打招呼。"

孟娜沉思片刻说："我只能告诉你一个事实，她的确回来了，但是，她突然失踪了，我也找不到她。"

我面无表情地盯着孟娜。

"真的。"孟娜直视着我说，"我没必要骗你。我们的确是非常好的朋友，她回来这段时间，我们经常会聚聚。一个月前，我打电话给她，想约她一起吃饭，结果她手机关机，然后她的手机就一直没打通过。我去了她家几次，还在晚上去过，她家没人。

我又找到她爸妈家，结果她爸妈也不在家，邻居说他们好久没来住了。我想可能是她家有什么事，不然不可能一家全都联系不上，要不是她爸妈的邻居这么说，我肯定会找人把她家门锁撬开。"

"她有过婚姻吗？"

"你怎么这么想？"孟娜的表情是明显的惊诧，让我立刻相信她说的是真话，"她没结婚，哦，我们两年多没见，至少我能保证她走之前没结婚。"

"我7月6号到云河出差，她说她来接我，然后她就失踪了。"

"那你们……你们什么关系？"

"我也不知道我俩是什么关系，我追求她，我告诉她我来云河工作，她很高兴，说来接我，还说要带我见她家人，在飞机起飞前我们还在通话。"

"那她没表现出什么？不安或者紧张什么的？"

我摇摇头。

"你说，她会不会……遇到什么事了？"

"我甚至以为她出车祸了，打遍了交通队的电话，还查了最近无人认领的女尸。你能告诉我她的手机号吗？别误会，我只是想核对一下。"

"139的号？"

我调出苏晓沐的手机号。"你知道这个号吗？"

孟娜看着号，没有说话，从她脸上的表情，我已经得出答案。我说："孟老师，你不用为该和我说真话还是假话犯愁，我知道，她有两个号，还有两个名字。相信我，我并无恶意。我也相信她这么做肯定有原因，作为朋友，我只能无条件地理解。我已经没有任何问题了，还是那个请求，麻烦您给她带个话。我想,你们终究会见面的。"

回到公寓,我进了浴室,躺进按摩式浴缸,打开水,让热热的水流冲在我的胸腹上。我习惯性后仰,又"啊"的一声惨叫,抬手捂住后脑勺,轻轻地一遍遍地抚摸那个大大的肿块。直到现在,我仍然不能相信苏晓沐就这么离开了,但她真的离开了。我再也看不到她在画板前抬起的手臂,纤长的手指,还有我无数次梦想拥抱的身影。以前她说的一切都是真的,她不能接受我,我们真的不可能在一起。

仙霞湖的落日景象以及《破晓之日》那幅阴郁画作不停地出现在我的脑海,我一下下捶着自己的头,在心中喊道:"去他妈的竞标,去他妈的崇原的一切!"

我要离开这个见鬼的地方,忘掉她,重新开始我的幸福生活!反正竞标结果已内定,明天就约申裕,争取到其他商业利益,对公司有个交代就好。

可不管我怎么说服自己,我心中的另一个声音告诉我,我再也找不到这样一个女人了,她的才华,她对美的思索,她神秘的内心,她的一切。我比任何人都想忘记她,但在今后很久的时间里,三年,五年,甚至一生,我只会爱她。

六、妥协

两个人被七八只胳膊按倒在地,一个身穿保安制服的人举起警棍向其中一人砸去。那人挣扎着往旁闪,棍子砸在脖子上,又被保安踢倒。保安指着他说着崇原话,又跑出镜头,后面人影杂乱,嘈杂追打,两个警察出现在镜头里,给地上的人上手铐。

"听懂他说什么了吗?"话说得很快,我只听懂一句操你奶奶，便摇摇头。

"他说，'操你奶奶，还敢来救人，让你们都死到监狱里，别让他跑了，他是先被扣起来的！'被打的那人就是牟立新的姐夫。"陈副县长的小眼睛亮晶晶地闪烁着，"这足以证明镇政府非法拘禁了，我还能找到证人，在现场的警察。"

"凭这个扳不倒申裕，他完全可以推给伍利，对竞标结果没有影响。"

"徐总，这就看你怎么发挥了，如果任书记知道这块地是强拆来的，上访村民被镇政府非法拘留，以他的脾气，这块不清不白的地还能竞得了标？"

我尽量委婉地说："陈县长，我们的目的是把地竞到手，而不是让地竞不了标。本来这块地的手续就不全，如果真竞不了，我们在崇原岂不是白玩了吗？"

陈德强嘿嘿一笑，递给我另一沓材料。我翻开，是茂源公司的材料，还有七八张照片。陈德强指着其中一张照片说："这个人叫葛万豪，就是永昌镇人，2003年因为伤害罪蹲了四年牢，2007年才放出来，出来后在云河开收账公司，手底下有十来个人，都有前科。他亲哥哥叫葛万发，和伍利一起当过兵。2008年，仙女山北山坝子有块地，也是茂源公司强拆的，当地农民现在还在告状。和新村那几家为什么被拆呢？他们几家占的是风水宝地，找镇上要四千块钱一平方米。附近两个别墅区，2006年盖的，那时候相对来说比较规范，开发商从农民手里收地三千二一平方米。这几家觉得自己要得不高，可这是政府征地，和开发商不一样，再说伍利那儿还吃着回扣呢，能不拆吗？后来这个事我接了，我给伍利打电话，让伍利给解决，让茂源公司给这四家盖房，结果葛万豪就联系不上了。伍利怕牟立新他们找到县里告状，就把他们扣住了。据可靠消息，这次强拆，伍利给了葛万豪三十万元。我说的这些，证据都在我手里，到底是哪家公司给的强拆费，这些钱都给哪些人了，抓到茂源就抓到伍利，抓到伍利，就抓到给伍利下令、拿到最大好处的那个人。徐总，抓茂源抓伍利，这活交给我，关键就是你们想不想干后面的事。"

不得不承认，陈德强真是下足了功夫。如果换作三天前，我会欣喜若狂，但现在我想的只是如何赶快结束在云河的这场噩梦。我淡然一笑说："陈县长，人证、物证得俱在呀，抓大头儿，关键就是那个大头儿的名下有没有不明来源的财产。"

陈德强的脸色有些发白，我想，他一定想到了我给他的那些好处。

第二天，我在仙梦奇缘再次见到申裕。我说："申书记，还有十几天就竞标了。竞这块地，我们来晚了，各方面工作都做得晚。不过，我们还是想出了补救办法，这是经过我们董事会讨论通过的。如果我们能顺利胜出，我们可以在工业区投资三个亿，建一个生产我们公司专利产品的科技企业，产品供应崇原省，辐射东南亚。企业股份的百分之十到十五，可以以合理方式留给十谋县政府，并保证一年之内在创业板上市。几个公司的情况，您心里都有数，我们公司实力最强，现在就差您这宝贵的一票。"

申裕喝了口茶，然后打开材料，看得很仔细。他说："我还是那句话，不管你们竞标成不成，我都愿意留住你们。你的这个方案，我可以立刻让县政府立项，提上议事日程去探讨。但这次竞标呢，我还是希望你们能在竞标台上说服我，只要你们够好，我这一票绝对投给你们。"

我没想到，申裕以这样胸有成竹的方式接下我的招。我试探着说："我们测算了一下，崇原的高端市场排全国倒数第四，如果没有地，生产线的投入就变成了不可预知的长线，除非申书记能给我们些优惠政策。"

"你们先全力以赴竞标,你放心,无论成功与否,你们的技术,我们都会另谈,优惠条件,肯定会给!"

回去之后,我和梁凯、李颦施开了碰头会。李颦施说:"也许是他骑虎难下,拿来的钱总不能退回去,也许是虽然咱们给他的利益更大,但是他得运作,费神,不如直接拿钱痛快。"

"可我们的方式更安全。"梁凯说。

"也许这个县委书记的智商没那么高,还是见实钱痛快。"李颦施说。

"也许是他胃口大,什么都想要。"我说。

"如果我们竞不上,要不要大动干戈?"李颦施问。

"申裕已经同意立项给我们优惠,把政府保障房的项目给我们,如果这样,竞不上,我们就打道回府,企业的收益率虽然没有土地高,但占据崇原高端建筑市场,也是不错的策略。"

"如果有大型地产项目跟进就完美了。这么大的地,真是机会难得。总裁怎么看?"李颦施问。

"对我的想法比较支持。保障房虽然利益不大,但政府会有其他补贴。"

"现在说这个,怎么有种灰心丧气的感觉,李凡他们做得怎么样了?"

"应该还可以,可是,做得再好,能好到巴西足球对中国足球的绝对优势吗?但愿我的判断是错误的。"

许乐陶已经报到,她妈妈也要立刻回北京。晚上,我和许乐陶一起给她妈妈饯行。肖瑾说:"她呀,可惦记你了,爱听你的话,你回北京之前,费心帮我管管她。"

我觉得，许乐陶是个小野马一样的傻姑娘，她爱疯爱玩，对未来想得不多。倒是她妈妈肖瑾，有点儿期望我成为她的女婿。我比许乐陶大十岁，比她妈妈小十三岁，肖瑾一直把我称作许乐陶的大哥，她对许乐陶说："要是有什么为难的事不好意思告诉我的，多问问大哥。"

我坚持称肖瑾为大姐，和许乐陶撇清关系。我说："大姐你放心吧，这方面我有经验，明儿我就去她们学校，把她们的宿管电话、班主任电话都要来，经常抽查她在不在宿舍，您没事儿也多和她视频。"

"啊！徐曦朗！能不能积点儿德你！"许乐陶瞪起眼睛，她是真有点儿急了。

许乐陶开始军训，只有周日我们才能见面。我带她去吃午饭，打游戏，看电影，吃晚饭，再去泡慢摇吧。她占据了我孤独的时间，给了我许多安慰。有时我在深夜醒来，看着她的短信，悲伤就会被她的快乐冲淡许多。

我下定决心，结束在云河的一切，忘掉那个叫苏晓沐或者况思含的女人。就在这时，我突然接到了小毛的电话。

七、十八岁恋爱观

小毛说："大哥，我可能看见你想找的那个人了。昨天下午七点来钟吧，她在老黑老婆的船上，就在你说的位置，看日落一直看到天黑。但她没画，就是看，还用手比画，像量尺寸似的。本来想等她上岸偷偷跟着她，但我不好和老黑老婆的船靠太近，等我靠上岸她都走了。我假装打听价钱问老黑老婆，他老婆说好几年前那女的就坐她的船，有段时间总坐，天天在那地方画，这突然间又来,不知道下次还来不来。"

阳光被空气中悬浮的杂质反射,突然模糊了窗棂的边界,我的眼睛有些干涩。她终于出现了。那个冬天我们在三亚的海面上,她站在画架前,手掌张开,在空中比量,她是在确定比例。那只手,那只温暖的富有魔力的手,虽然我从没真正触摸,但那手的温度和触感,竟然幽灵般浸入肌肤。

"大哥?大哥?"小毛打断我的思绪。

"你说,我听着呢。"

"呃,那个,我想问问,你还找她不?是非找到不可不?"

小毛惦记那五万块钱。而我,还要找她吗?既然她那么无奈地选择离开,我是要当面问个究竟,还是当这一切没有发生,不再去打扰她?

"小毛,我想想,晚上再给你电话。"

"大哥!"小毛的声音明显有些发急,"我都琢磨了,我下次见到她立刻给你打电话,你立刻往这儿赶都来得及!那个,我知道,这事也不值五万,我要是找着,你,你给个五千就行!"

因为小毛的电话,整个一下午我都心神不宁。我试图让自己冷静,可浑身还是像发疹子一样热一阵冷一阵。我还是不可抑制地想要见她一面,虽然无法想象我们再见面会是什么样。我不知道我的出现是否会加重她的创伤,甚至会引起她的憎恶。一个死皮赖脸的人,自私地搜寻另一个不愿意见自己的人,不知道这种行为是不是不自量力。可是谁又不是被生命的状态紧紧追着不放呢?感情这种事,你越想摆脱它,它越在背后追逐你,一旦被卷进去,就会被碾成齑粉。

傍晚我去崇大接下军训的许乐陶。一周没见,我也很想她。只要看着她那天不怕地不怕的高兴劲儿,再低落的情绪也会轻松许多。

我们在街上绕了半天，主要是许乐陶拿不定主意去哪儿吃饭，她什么都想吃，最终我们打包了一碗过桥米线去了必胜客。等比萨的时候，她开始吸溜吸溜地吃米线，喝汤，鸡汤的香味引得人们纷纷侧目。

她可真是好胃口，我看她喜笑颜开地把比萨、鸡翅、炸鱿鱼圈一块块填进嘴里，一边吃一边指着美食，嘴里唔唔，意思是你怎么不吃。我微笑摇头示意她好好享用，末了，她满足地捧着肚子说："太舒服啦！"

"还想干吗？看电影？玩游戏？泡吧？"

"咦？今天怎么对我这么好？难不成想追我？"

"嗯，估计再有一个月我就回北京了，你们军训还得两周，后两周有很多事要安排，见面的可能性不大，所以想好好带你玩玩。"

"什么？那你干吗对我这么好？"

"我是你大叔，爱护你不是应该的？"

"最讨厌的就是你这种人！明明爱和我玩，明明对我好，还装得跟衣冠禽兽一样！"

我哈哈一笑，忽然发现她真有点儿气了。她的表情让我有些不安，仿佛突然伸过来一只手搅乱了一池涟漪。我希望她是快乐的，她的灵魂未经世事，我希望她尽可能在单纯美好里多停留，她阴沉的表情让我困扰。

"你不许走，哪儿都不能去，只能在我身边。"

真是孩子话。

"你已经让我喜欢上你了，现在要跑，那我怎么办？"

"好啦小朋友，人生没有不散的筵席，每个人都有自己的生活。你是大姑娘啦，要学会照顾自己，找个对你好的男生……"

"你是不是以为谁愿意照顾我谁对我好,我就得喜欢谁?是不是觉得你带我吃喝玩乐我才喜欢你?你怎么那么浅薄?你懂不懂什么叫喜欢什么叫爱?我每天给你发那么多短信是闲极无聊吗?我是在哄你开心啊!"

我忽然意识到她说的都是真的。一直以来都是她在陪我,她就像一只暖暖的沾满活性物质的棉签,不断轻轻愈合我的伤口。如果没有她,伤口的肉会一直翻着,会一直鲜血淋漓。我应该感谢她,但我就要走了。

窗外的梧桐伸向瓦蓝的天空,我的心里一片空白。许乐陶站起身坐到我旁边,她局促了一下,把柔软的手放进我宽大的手掌。我握住她的手,拍了拍,又放开。"我很快就回北京了,出差,出国,满世界跑,咱俩的生活就这么一点儿交集,生活是现实的。"

"哦,你的意思是你不和我谈恋爱,在外面跑的时候就是自由的,可以随便找任何女人?告诉你徐曦朗,不可以!我喜欢你只是因为你是你,不是因为你在哪里、有什么,看到你第一眼的时候独立于其他条件之外的你已经足够了!你是我的!就算你不在我身边我也要天天看着你!"

她突然吻向我,被我一把抓住。我们的脸离得很近,她的气息扑在我脸上,忽然我把她拉过来和我吻在一起。她柔软的唇触到了我的唇,快感驱策我的血液咕咕流动,我的头脑迷糊糊的,明知不妥却什么都不想想,周围的一切都变得明晃晃。她整个的肩头都被我抱在怀中,身体依靠着我,一些潮水般的温暖冲向地面,肉体的甜美把感情的贫乏抹匀了,就像生日蛋糕上那层肥美的奶油,明知道不健康,还是抵挡不住香气扑鼻的诱惑把它吃下去。

我们分开之后,我感到很歉疚。我觉得自己有些无耻。我想了半天，对许乐陶说："对不起，我必须得告诉你，我心有所属，但是我爱的人她不爱我。我喜欢你，但没法爱上你。你太小了，不足以担负什么。爱情是需要双方担负的，我可以像兄长那样爱你，却没法给你爱情。"

她咬着嘴唇盯了会儿窗外，忽然狠狠拍了一下我的头说："管你！"

我不明所以，她起身拉起我说："走，我们去玩！"

我被她拉着往前跑，她喊道："你就是我的，你只能在我身边！看你敢跑哪儿去！"

看着她又蹦又跑的样儿，我不明白她是听不懂我说什么呢还是在自我催眠？

我很快就懂得她为什么那么洒脱了。

自从那天见面后，我的失眠很快痊愈，不但如此，还整天不够睡，连为苏晓沐感伤的空儿都没有——被许乐陶闹的。

她真是精力充沛，每天都像打了鸡血一样亢奋得乱七八糟。她会在我工作时扮客户骚扰我，会睡到半夜突然想去大排档喝一杯，会给我买各种各样让我啼笑皆非的小孩儿玩意儿，会在街边强吻我。她对全市的娱乐场所了如指掌，随便发个泡吧帖子就能一呼百应。我实在看不下去了，劝她说："你才上大学，大学是学知识最重要的阶段，不要浪费青春。"

她说："切，非得把我像鸡一样圈图书馆里憋得满脸青春痘就不是浪费青春了？"

我说： "学习是保证你没青春时仍然能生存，玩能保证什么？"

"能保证我现在快乐。谁敢保证未来什么样？不是现在努力未来就可以成功的！但如果我现在开心，未来就不会后悔。"

我想有一天我的闺女是不是也可能这么难管。

看我无可奈何的样子,她翻白眼儿说:"那你管我呀!你陪我呀!你别回北京啊!光在那儿惺惺作态有什么用?虚伪。"

三天后正式竞标,明天上午,公证处将抽取评委名单,当晚评委们入住仙梦奇缘,暂时交出他们的自由。

我们几乎拜到了每一个可能成为评委的人,并做了一份自我感觉良好的竞标书,我翻看着这份精美的科技含量十足的标书,心想,参加世博会也不过如此。

第五章 出卖

一、出人意料的剽窃

与政府合作的 BOT 模式,简单地说,就是政府通过特许协议,引入国外资金或民间资金进行专属于政府的基础设施建设。建设完工后,该项目设施的有关权利按协议由政府赎回。与传统的土地挂牌交易比起来,这种模式越来越受到各级政府的青睐,对于十谋县这两千六百亩征来的土地尤其适用,在商业手续不完备的情况下,政府的操控力度自然不言而喻。

申裕站在一排麦克风后,致辞的声音在宽敞的大厅里回荡。可以容纳三百人的会议厅几乎都坐满了,竞标的四家公司老总和工作人员都集中在前三排的中间位置。我的左前方坐着日本 Jul 公司中国区经理伊藤由美,三十七八岁,脖子笔直发髻一丝不苟,与传统的日本女性不同的是,她的表情极其傲慢冷漠。在我右侧不远,坐着美国GBD公司的总经理艾尔·琼森,他是个五十来岁高大的银发美国男子,对所有人都笑容满面。上海宝基集团的副总阚天来是个小个子四十来岁的广东男人,精瘦灵动,一双亮晶晶的小眼睛总在镜片后不动声色地看人。

这更像是一个坐地分赃的大会,少数人动用行政权力强行占用老百姓的资源,再堂而皇之地找人销赃,他们为了自己的腰包,哪管国家利益、公平正义,哪管老百姓资产的流向!

"这次竞标不只预示着十谋县未来经济的发展与走向,也是县政府采纳先进技术、带领全县人民奔向更富裕的现代化生活的一次重要选择,这次选择,必将把十谋县四十万群众带向生活环境更环保、生活条件更优越的美好未来!"

申裕完成了他的演讲,会议厅里掌声如雷。接下来,我们四位代表像参加奥斯卡颁奖一样互相谦让走上台去,我礼让外国友人,伊藤由美抽了第一支签,我抽了第二支,艾尔·琼森抽了第三支,阚天来拿了剩下的最后一支。

我打开签桶看了一眼,不错,第三。一般来说,这种竞标越靠后越有优越性,竞讲者可以根据对手标书的优缺点进行适时有效的调整。伊藤由美抽到了第一,在主持人的引导下,日本Jul公司的竞讲者,一个胖墩墩面容憨厚的中国男人走上了主席台。

灯光暗了下来,竞讲者调好了屏幕,打开了PPT。看到大屏幕上的标题,我突然倒吸一口冷气,扭头看向李凡。李凡也正看向我,眼神里掩饰不住疑虑,日本人竟然选择了和我们一样的规划主题!

"各位领导、各界同仁、朋友们,大家好,我叫张康宇,下面,由我来为大家展示一下我们日本Jul公司对仙女山片区的规划方案。众所周知,中国像日本一样,都在快速地步入老龄化社会，日本在养老社区、医疗等方面有许多成功经验。我们希望把这些经验介绍到中国，介绍到十谋县，我们力求规划一个面向云河领先全国的样板式老年……"

老年社区是我们反复研究确定的一个大胆规划，通过国家扶助政策避免和化解未来的例如手续不全、占用耕地、领导换班等诸多矛盾，这个规划不单纯来源于我们的智慧，更来源于我们丰富的经验，对政策的了解、把握和对政府执行力的渗透以及对政府福利的争取。一个在中国市场名不见经传的 Jul 公司就算是有高人指点，能和我们想到一处，在真正实施的时候又拿什么实现利益补给？

在我看到他们的 3D 规划图时，冷汗簌簌而下，我后脑勺被打的地方不知是心理作用还是什么，正在隐隐作痛，这痛楚像一支冰冷的利刃在提示我，Jul 公司窃取了我们的核心机密。连他们的社区布局都和我们相似，我绝不相信这是巧合！他们像我们一样引入了三甲医院与老年大学，他们强调了他们在太阳能清洁能源上的优越性，窃取我们的智慧，发扬他们的优点，除了价格，我们在标书上已经没有任何优势！

我眼神严峻地望向李凡和朱颜同，他们，包括梁凯，全都面如死灰，只有不懂技术的李鼙施，还在吃惊地眨着眼睛。评委们开始打分，公证员把分数收起。第二个竞讲公司，上海宝基集团的竞讲人上台了。

让我更加吃惊的是，他们竟然也是以老年社区为基础！医院一样保留，只不过把老年大学改成了全国的老年论坛模式！更可气的是，他们竟然引用国外和我公司类似的先进建筑材料，并把价格压到低于成本价（如果他们真用这些材料的话），这明显是在打压我公司的技术优势！

李凡换座位坐到我身边说："徐总，你看出来了吗？"

我低声说:"事已至此,稳住,讲好,就当他们前面都没讲过,记住,突出我们在建筑材料以及技术上的优势,强调抗震、防火,以及对建筑废料的综合处理和利用。"

李凡缓缓点头,在公证员收取完分数之后,走向了讲台。我定定神,独自整理乱成一团的思绪。什么时候老年社区成了香饽饽?这简直是土地竞标中绝无仅有的笑话!有能力做老年社区的,必须有能力拿到部委的政策优惠才不会赔钱。我和老总一起动用了部里的关系,这关系只有我们两个人知道,公司其他人只是按着我的授意做方案,难道这两家公司也有能力把手伸到部里?

谁泄了密?卡夏?虽然李凡和朱颜同也有可能被买通,但我还是更愿意相信我的同事,毕竟我对他们更了解。可是,证据呢?

李凡果然稳健,在被动的形势下还能把握重点,精彩迭出。在他获得热烈的掌声之后,GBD 公司的竞讲人上场了。

上台的是一位风度翩翩的中年男子,在他打开 PPT 的时候,会议厅里集体发出一阵惊讶的"哦"声,果不其然,GBD 公司也是做老年社区。

中年男子面带笑容环视全场,等会场趋于安静,他开口道:"中国社会有着自己独特的结构与模式,这种模式就是,家庭成员的关系更紧密。我们讲究血浓于水,讲究四代同堂,讲究上一代的牺牲与下一代的孝道。这一点,不同于日本,更不同于美国,所以,我们规划的老年社区,不单纯是养老的地方,更是在周末年节让家人团聚,享受天伦之乐的地方,我们不仅要突出技术上的环保、舒适、功能全面,更要承载一种属于中国人的人文精神⋯⋯"

此刻,我已经意识到谁是胜利者,所有公司都针对我们,在我们的成果上加以完善，对我们的优势进行遏制，无疑，GBD公司是做得最好的一家。如果说这里所展现的技术实力都相差无几的话，GBD在情感与人文关怀上的策略更胜一筹。他们有高手，是这个高手确定了竞讲的基调，没有一点儿美国文化的影子，一上场就用中国文化的亲和力拉近评委的情感。这里还有一个高手中的高手，申裕，他布了一个近乎完美的局，所有情节，公平地呈现在众目睽睽之下，除了被剽窃又毫无证据的我们。

我取出纸巾擦汗，在心里一遍遍提醒自己，冷静，不管接下来采取什么策略，至少在表面上不能让对手看出异样。

GBD公司的竞讲人完成了激情澎湃的演讲。公证员在紧张地计算分数，主持人和所有与会者一起期待地望着大屏幕。终于，大屏幕闪烁一下，出现了结果——

第一名：美国GBD公司，总分865分；第二名：日本Jul公司，总分840分；第三名：北京亿劢公司，总分835分；第四名：上海宝基集团，总分830分。

申裕喜气洋洋地走上主席台，宣布和美国GBD公司合作。艾尔·琼森微笑着和身边的人握手，走上台去接过合同文本，两人在上面龙飞凤舞，会场里再一次掌声雷动。

我突然看到了陈德强。我看到他，是因为他的视线正投向我，用眼神提示着我什么。那一瞬间我恍然大悟，黑手就在眼前，是GBD公司在背后做了这一切。

二、无条件调查

昨天的竞标结果让我们几个人一夜未眠，今天一大早，我就来到彭济元的办公室，和他一起看竞标的整个视频，有些地方，彭济元倒放了五六遍。他沉思片刻，说："曦朗，我们之间是有协议的，单我们公司对于为客户保密的协议就有七条。我在这一行做了这么久，还从来没出现过这种情况，我不敢推卸我们的责任，你想怎么办，我听你的意见。"

"我们公司两个主要设计人，主动提出愿意接受无条件调查，包括资产流动明细、父母、子女、配偶资产的调查，还有通话记录，等等。你也知道，出卖人至少要先拿到一半钱才敢做这种事。"

"你的意思是，如果卡夏不愿意，她的疑点就最大？"

"对。"

"那你也应该查查我的。毕竟我才是老板，你们的竞标书都是在我们的工作室完成的。"

"大哥，卖一份标书那点儿钱，都不值你檀木桌的一条腿。我当你是大哥，才和你开诚布公，我想请你帮我问问卡夏。"

"我问她，就等于逼她，你应该走正常的法律程序。你放心，绝不会伤害咱们兄弟情分。"

"大哥，一动公检法，好多事就不是我们能控制的，就因为我相信卡夏，我才来和你商量，如果不相信，找人把她直接带走这点儿能力我还是有的吧？"

彭济元沉默了好一会儿才说："那我先和她单独谈谈。"

也就几分钟的时间，彭济元和卡夏推门进来。卡夏那双美丽的眼睛平静地直视着我："徐总，我愿意接受无条件调查。"

我回到办公室，梁凯和李鼙施都在。梁凯递给我一个文件夹说："这是我找的两个律师团的资料，一个团队是为我们服务的，这个苏大律师是为和新村找的，他已经以法律援助的名义为和新村村民提起行政诉讼，市法院已经受理。还有，于局长来电话，让你尽快去她办公室一趟。"

芬姐直接给办公室打电话却没有单独打给我,有点儿公事公办的意思。我在想是不是彭济元对芬姐说了什么。

走进芬姐办公室,芬姐正在吃盒饭。她指指另一盒说:"先吃。"

我是又困又饿,没客气,掰开方便筷吃了起来。芬姐递给我一个文件夹,是立项协议书。根据我原来交给申裕的合作意向书修改草案,十谋县在工业园区给我们提供一百七十八亩的土地做产业基地,两年免税期,企业百分之十的股份留给十谋县产业发展协会,并删掉了保证一年内在创业板上市那一条,还有政府保障房合作方式。

芬姐说:"你们回去研究一下,想要什么条件尽管提,这周就可以立项。不过,我觉得这条件可以了。你也知道,白鲸酒业在产业园投了七个亿,可没有这些优惠条件。政府保障房虽然规模不大,但也是一个不错的项目,好多人都盯着呢。你们只投3.2亿,那百分之十的股份,不也等于有百分之十的风险转出去了嘛。"

芬姐话里有话,她的意思是百分之十的股份只是申裕脸上增光,做个表面的政绩。昨天才竞标,今天就出合作意向书,这明显是申裕早就准备好的,他在用优惠条件堵我的嘴。

我狼吞虎咽地吃了最后几口,一推饭盒说:"行,我们回去商量一下。"

回到办公室,梁凯和李矍施正在啃汉堡。我把草案给他俩看,李矍施问:"你打算怎么向总裁汇报?"

"我刚给陈德强打了电话,那一百七十八亩地,是放置废弃磷石膏的,重污染区域。香喷喷的肉包子换成放了三天的瘪馒头,就看咱们有多饿。当然,我们来十谋,很大原因是为了它的

第五章 出卖 | 97

战略位置。且不说我们集团体能充沛精力旺盛,不需要干馒头,对于这起严重的出卖行为,就算申裕真的给我们一锅肉包子堵嘴,我们也不能容忍。如果我们接受,就成了犯罪帮凶,而且还是自残。我的个人意见是,对剽窃事件追查到底并以最快速度做出反击,对于幕后操纵者,必须让他们付出沉重代价!"

李翚施与梁凯都表示同意。梁凯说:"徐总,我还要建议,停止对李凡和朱颜同的调查,我敢提脑袋保证不是他们。咱不谈感情,不说人品,就客观推理,您想,他们才过来多长时间?平常白天工作,你们几乎天天绑在一起,下了班,我和李凡、朱颜同天天泡在一起,他俩既不赌又不嫖,就算是买通,也得有个时间吧?"

"你说得有道理。这样,你去找他俩谈,告诉他们调查只是例行程序,不要让他们有思想包袱,我们五人是一体,请他们来参与决策。但同时咱们也得充分认识到,这不是普通的泄密,是人家偷了咱们全部东西,而且有充分时间把咱们的参数、技术环节等每一个步骤都研究透,可能从我们设计的一开始,这密就在源源不断地泄。一个人把标书卖给三家公司,三家以咱一家为对手,最有可能的就是他们三家联标。可是那两家公司规模也都不小,三家联标,GBD 公司得先付多少管理费?如果那样,申裕的胃口岂不是更大?申裕一手罩三家,他们得花多少钱才能买通申裕?还有伍利,当初在牟立新手里把黑锅栽给咱们,可以肯定一点,他绝对知道内情,至少他能确定咱和申裕肯定不是一路的。"

我向总裁做了汇报,总裁仿佛早就想到此次竞标必然不会一帆风顺,他说:"占领重要的市场不会轻而易举,发生这样的事是正常的,就看我们怎么应对。你放手去做,我支持你。"

和大家通报了总裁意见,大家分头行动,晚上再一次开碰头会。

李颦施说:"咱们的申诉材料已经正式递交给市政府,这里还有一份,附了两个业内知名专家的意见,他们说从现场的表现看,有可能涉及不公平竞争,其他人都不愿意表态,我反复强调,他们的意见除了任书记,其他人都不会看到,这才拿到的。"

我感激地看了李颦施一眼,要知道这种事情一般人都不愿意卷入。两个沉甸甸的意见签字,既包含良知,又包含了她强大的个人魅力。

我说:"估计明天,最晚后天,申裕就能知道我们的动态。既然我们已经和申裕撕破脸,就要撕得彻底,要快,要狠,要让他们的竞标结果迅速流产。找陈德强,把事情立刻捅到任书记那儿,这次绝不能让申裕走到前面。"

我和李颦施到了丽湖酒楼,陈德强正在手把手教一个年龄很小的女服务员开茅台。见我们进来,他放开女孩儿的手,吩咐上菜,接着从包里拿出几张照片递给我。我一看,熟悉的面孔,牟立新坐在一架装修用的开腿木梯子上,手拿大喇叭,他背后是很熟悉的大铁门,十谋县政府大门。

"是上千人上访的那次?"我问道。

"对!那几个小子很聪明,事先请了报社记者,廖敬辉让公安局的人先把记者控制了,把他们的摄像机什么的全都处理了。晚报记者用小相机拍了几张,他们没搜出来。"

我注视着陈德强的眼睛,对视几秒,陈德强哈哈一笑:"徐总,你就直接问我哪里来的嘛!我是个痛快人,既然要合作就绝对真诚,我可是把我所有的关系都动起来了!我想来想去,觉得还是让记者把这个事情报道出来比较好,我和任书记说不上话呀!"

我明白了，陈德强这个老滑头，是不想自己暴露，才想出这么个办法。不过，这办法还真高！记者报道，影响面比官员自己报告大，而且同时还能把廖敬辉踢进脏水，他自己还不暴露，可以继续落井下石。我禁不住对眼前这个猪头刮目相看，这就是官员的水平，杀人不见血，吃人不吐骨头。

我说：「你能找到茂源公司的老板？」

陈德强似笑非笑地点点头。

"对了，虽然这次我们竞标失败，愧对了任书记的重视，但还得和任书记吃顿饭表个态。市组织部王部长我们也蛮熟的，这次县领导班子如果真能动，我的关系，就是你的关系。"

"徐总，只要我出手抓茂源公司和伍利，就没退路了。"

"市法院已经受理和新村的行政诉讼，是我们安排的法律援助。现在咱们手里证据确凿，单是抓打记者隐瞒真相，廖敬辉就吃不了兜着走。只要抓住伍利，就能揪出背后的公司，揪出那个大头。咱们里外夹击，赢面还是很大的。如果能挖出来这么一起行贿受贿大案，陈县长的功劳可是不小啊！"我举起酒杯，"机不可失，失不再来。"

陈德强和我对视片刻，举起酒杯，一饮而尽。

三、阴谋的艺术

说和市委书记任达约好吃饭纯属吹牛，但我的确给任书记发了短信。

既然我们早已成为三家的靶子，这个状是必须告的。我们不但往市政府递了诉状，还直接找任书记的秘书递交了申诉材料。材料里只提竞标机密外泄三对一不正当竞争的事，附上视频。我又给任书记发了短信说明情况，想知道他是否愿意接见我。任书记很快打来电话，说材料他会尽快看，又说合作的项目很多，还温言安慰了我几句。

之所以选择这种方式告状，是因为我觉得任达和我认识的其他官员有点儿不同。我刚到云河时，作为云河市招商引资的大客户，任书记接待过我。当时我抓住机会，送给他一份纪念品，纳米级 lv 防火片，这是我公司自行研制的专利产品。防火片可以很方便地贴到墙上、瓷砖上和门上，作用是可以在建筑中打造一个完全不会被引燃并可有效过滤有毒气体的防火区，一旦发生火灾，人躲进这个空间，可以安全地等待救援。我曾告诉他把防火片架到燃气炉上试试。上次在和他要条子的时候，他还和芬姐提起此事，让芬姐转告我材料果然很棒，架在燃气炉上烧了一个多小时，放那儿就忘了，再想起来的时候，朝上的一面仍是常温，受烤的一面也只是微微发热。

这件事至少说明，任书记的确是个认真的人，是对环保科技真正感兴趣的人。任书记给我打了电话，我暗暗高兴，因为我知道，重磅炸弹很快就到了。

高兴劲儿还没过呢，芬姐就来找我了，她压低声音："这么大的事，你为什么不先告诉我？"

我委屈地说："大姐，我是不想把你牵连进来。"

"你糊涂啊！你是我招来的商，任书记第一个找的就是我！你知道你在干什么吗？你这是要搞掉一个县委班子啊！你去书记那里告状，就成了人家的明靶子，你以为这些人是吃素的？你不要命了？"

"那，材料已经递上去了……"

"你行！徐曦朗，连我你都一个字不露，我这些天还傻乎乎地帮你找其他项目！你是第一天做地产吗？哪块地没有暗箱操作？而且，申裕也明确表态给你其他优惠条件，不让你空手回去！你嫌优惠条件不够，咱还可以再谈。你要是不按规则出牌，竞不上标就像疯狗似的到处咬，以后谁还敢和你合作？"

"大姐，你说得有道理，我是气昏头了。可事已至此，书记已经给我打电话了，现在咱立刻改口，反倒不好。你看这样行不？把这事儿放一放，让它淡几天。书记忙，也不见得有空仔细看，等过几天看看书记的态度，你再当这个和事佬，不是更有把握吗？"

芬姐在鼻子里哼了一声："也只能如此。你如果还把我当大姐，就听大姐一句劝，自古以来，年轻气盛锋芒外露的，下场好的可不多！"

四、反击

早晨，打开折起来的早报，一张熟悉的黑白照片占了半版。县政府大铁门前满视野黑压压的人头，头版头条又粗又黑的大标题醒目地撞进眼帘：绑架记者，拘禁农民，十谋县政府在掩盖什么真相？

我一愣，先是一阵狂喜，担忧接踵而至，没想到陈德强的动作这么快。斗争拉开序幕，没有不透风的墙，狡兔三窟，以防万一，我得换住所了。

下午，晚报和都市报也登出了醒目标题"十谋县和新村上访事件始末"，除了牟立新坐在梯子上那张照片，其他照片都登了出来（我曾特意关照陈德强不要把牟立新的照片公之于众）。我明白，三报记者肯定是达成协议了，一个小小的十谋县，没能力胁迫三家大报，陈德强这脚踢得太狠了！

调查程序启动得非常之快，几天后，律师保出了和新村那些被抓的村民。紧接着，调查组进入十谋县，市政府正式下发意见，关于和新村的强拆、拘押记者、非法拘禁、强征耕地，市委市政府要坚决严查到底，追究相关官员的渎职与腐败行为。和新村竞标地块的结果正式作废，在结案之前不得处理。

我心花怒放，当即飞回北京，向总裁汇报下一步的挺进计划。总裁对我又是鼓励又是期许，告诫我一定沉住气。

在北京陪父母度过十一假期，我返回云河，却发现云河这边毫无进展。我给陈德强打了几次电话，又让梁凯联系取证律师，得到的答复都一样，政府里许多人不愿配合，互相推诿，关键问题无法取得突破进展。陈德强说，茂源公司的老板和手下几个骨干本来已经被他的人监视起来，可突然间下落不明，他只能暗中找人调查，让我再等等。

《西游记》告诉我们，有后台的妖怪都被救走了，没后台的都被一棒子打死了。强征耕地，强拆民房，和政府合作开发项目，这是一系列巨大的利益链条，拴的不是申裕一个。调查就意味着时间的延长，也就意味着一切可能性。

五、竹篮打水

在各方压力下，调查组终于公布了调查结果。

永昌镇政府主管负责人领导不力，监督不严，导致拆迁公司野蛮强拆，执行拆迁工作的主要责任人镇国土资源办主任翟建军即日起停职审查，同时，追究茂源拆迁公司的法律责任。镇政府非法拘禁被强拆村民六个多小时，引发群众和执法部门冲突，镇政府接待办主任停职审查。关于牟立新伤人事件，鉴于医疗鉴定部门对保安出具重伤鉴定，责任人在逃，交由当地公安机关立案侦查。关于和新村的土地征用，县政府与村民签订的合同，内容合法，手续齐全。关于对和新村被强拆居民的补偿措施，县政府早已下发补偿意见，按原意见由镇政府强制执行。申裕、伍利作为县、镇领导班子一把手，督管失职，党内记大过一次。

大爷的！

土地管理法形同虚设，在国家一再明令保护耕地的要求下，逼五十六户农民卖耕地搞开发的手续竟然是合法的！而我们，使出吃奶的劲儿一顿穷折腾，还真就当了回法律援助！

我把通报摔到桌上："还北京最牛逼的律师团，他们是拿屁股思考还是吃了原告吃被告？"

梁凯说："头儿，没办法，有人愿意出来认罪，人家的地盘儿，人证物证都是人家安排呀！"

"如果人家傻逼到连做假证都不会，我请这些狗屁大律师来干吗？"

李鼙施一直摆弄手机，突然她的手机响起来，李鼙施说："别说话，现场直播。"

她接通手机，放到免提，一个有些遥远的声音传了过来，那语气很熟悉："我们的竞标是在公正公平的环境下产生的，众目睽睽几百人证，全市各部门的专家评定，现在把结果作废，得有个理由吧？是弄虚了还是作假了？人证物证在哪儿？不能莫须有嘛！现在调查组已经公布了调查结果，对我们的竞标过程没提出任何异议，我已经向上级做了汇报，我们等着领导拿出合理意见再进行下一步工作……"

我气急败坏："申裕竟然敢和市委书记叫板，你们说，他怎么就能这么牛？"

说到这里，我恍然大悟，犯这么大的事还能屹立不倒，申裕不只有拿捏调查组的势力，还有制约市委书记的后台。他想翻案，恰恰说明了他和美国 GBD 公司是真正的幕后元凶。"

我说："李姐，还得找陈德强，现在茂源公司是关键。梁凯，找信得过的私家侦探，秘密调查美国 GBD 公司的一切事务。"

李颦施说："通过这个结果至少我们可以知道一件事，申裕背后有很强大的支撑力，我们恐怕是高估自己的力量了。"

我沉吟片刻说："于局长告诉我，任书记在市委班子会上说了八个字，无法无天，严查到底。这八个字够不够重？我觉得够，至少在当时是体现了任书记的决心。但是后来为什么能出现这么不痛不痒的结果？以任书记的政治智慧，他就算猜也能猜到这里面的内幕交易，是他权衡利弊网开一面呢，还是压力巨大力不从心？这两个结果都不好。如果是前者，我们现在就可以打道回府了。如果是后者，那他帮我们的能力就有限。不过，加上我们自己的力量还是值得一试。这样，我去找于局长，看看能不能想办法和任书记面谈。"

正说着，我的手机"啵"的一声短信，上面只有四个数字：5521。

六、以恶制恶

"我看了报纸，我爸和姐夫他们被放出来了。"
"是的，上周五出来的。"
"大恩不言谢，我还想再求你一件事，我想见见家里人。"
"现在？现在正是风口浪尖，最好还是过段时间吧。"
"那，那好吧。"
也许是听出牟立新声音里深深的失望，我沉吟片刻说："或者,也不是不可能,你能来云河吗?"

"能。"

"好,那我告诉你,你用心记住,不要写纸上。"

那天晚上,走投无路的牟立新在信访局门前找到了打扑克的老四哥。老四哥听牟立新说了前因后果,把他带回住处。住处还有两人,鬼脸叫常海,另一个叫尤小龙,都是老四哥在上访时认识的。常海本是个勤勉手巧的汉子,木工瓦工漆工铁艺都干得来。他在外务工时,家中耕地被强征。他回到乡里,纠集村人去县里上访,回家时却被拦住暴打,老婆又被流氓当街扒光了衣服。他没脸在家乡待下去,只好跑到云河连上访带找活干。其实他早已对上访无望,最大的愿望就是能赚点儿钱,把老婆孩子接出让他丢尽脸的家乡。

尤小龙的爹在上访时被截访的流氓打断肋骨打折了腿,在家里挨了三个月去世了。尤小龙原本在成都打工,到云河上访后认识了常海。他是转业兵,转业后一直做汽车修理工,见过不少世面,人也很精明。

当晚四人聊起各自的经历,大家问牟立新的打算。牟立新说反正已经被通缉,拼死也要出口恶气,告状无门,只能以暴制暴。四人苦大仇深,一拍即合。牟立新虽然年纪最轻,但头脑清醒,劫伍利时指挥有度,众望所归地成了大家的主心骨。

两天后,牟立新来到指定地点。与此同时,和新村送锦旗的代表们已经由大律师苏绍阳的两位研究生弟子兼助理接进酒店。因为表面上是免费的法律援助,所以酒店故意订得很寒酸。李兴在前面手拿锦旗,交到苏大律师手里,又和苏大律师热烈握手。牟海良和女婿都来了,一是为了感恩,二是为了问牟立新的事。

小儿子生死未卜，他们想咨询大律师牟立新到底能算犯啥法，得判多少年。

落座上菜，大家开始推杯换盏。苏大律师显得格外高兴，嘴里说不喝酒，也和众人干了两杯。酒过三巡，牟海良和女婿史继文都换到大律师身边，问起牟立新的事。大律师仔细询问细节，让牟海良把电话留下。

一会儿，史继文的电话响起来，对方是个男子，说："别说话，听好，你现在带牟海良去楼上的306房间，不要让别人察觉，装作上厕所就可以，有人在那儿等你。"

电话戛然而止，史继文手握电话，看看身边仍在向大律师问个不停的老丈人，心觉蹊跷，转念一想反正是在楼上，就算有什么事也吃不了亏，便决定自己先上去看看。

史继文三步并作两步上到三楼，推开306的房门，屋里的人抬起头，史继文大吃一惊："小新？"急忙转身关上房门。

牟立新叫了声："姐夫！就你一个来？爸呢？"

"你怎么来这里的？爸就在二楼，和大律师吃饭，就是免费帮咱村打官司的大律师，咱这几家代表都来了。你等哈，我去带爸上来，你别急，我逮机会不让人发现。"

姐夫关上门的一瞬间，牟立新突然意识到自己还想说点儿什么。落日的余晖从窗上斜穿过屋子，像一道绚丽的感伤河流，把自己巨大的侧影投在门上摇晃不定。他走到门边半推开门，向左右两侧的走廊望去，人来人往，没人注意他，他重新关上门，背靠在门上。

想到爸爸，他的眼睛像雨后的河水一波接一波地混浊不清。他低下头捂住脸闭起眼睛，半响，有人推门，被牟立新的身体阻住。牟立新急忙前走返身，一个男人握着门把手探进头，看到牟立新，抬抬手示意走错了，又把门带上。

这偶然的打扰截断了牟立新的伤感，他有些心焦，父亲就在楼下，咫尺天涯。他再一次起身打开门，却发现走错门的男人正在门口不远处打电话，见牟立新出来迅速挂掉了。牟立新紧盯男人，侧行向楼梯口跑去。男人看到他的举动，有一瞬间的诧异，接着迅速向他追来。牟立新撒腿就跑，转过墙拐角，和两个正上楼梯的男人碰了个对面。其中一个瘦子仰起头和牟立新目光相接，刹那间彼此认出对方。上菜员正托着热腾腾的水煮鱼越过两个男人的左侧上楼，牟立新猛地拉起锅把向瘦子甩去，热油翻腾，瘦子惨叫一声捂住脸，旁边的男人抽出枪喊道："快拦住他！"

　　楼下众人乱作一团，牟立新直冲下楼跑出大门，持枪男人追出来时，牟立新已经跑出十几米。突然，一个斯文男子拦住了牟立新的去路。牟立新转身再跑，斯文男子从后面追上扯住他的衣服，提枪男人也追上来起脚踢在牟立新的小腿上，牟立新趔趄向前，斯文男子顺势抓住牟立新手臂反拧。就在这时，一辆灰色宝马轿车冲向三人，持枪男人撒手躲向一旁，轿车"擦"的一声停下，车门打开一个戴墨镜的高大汉子跳下来用手中的铁棍凌厉地砸向斯文男子。斯文男子惊慌之下松开牟立新的手臂，牟立新跳上车，车子"刺啦"一声原地大转身，绝尘而去。

　　牟海良这屋听到外面吵吵嚷嚷，不知发生了什么事。史继文推开门跑出去，却见人人像没头苍蝇一样到处乱跑。他正要跑上三楼，突然被人抓住手臂。他一回头，大律师正用威严的目光示意他回屋，史继文立刻明白了什么。

　　牟立新四人在早已看好的地点丢弃了轿车，走过两条街，进了另一辆灰色面包车里，面包车重新开回饭店。

　　他们远远看着刚才追他的几个人上了一辆吉普车，和救护车一前一后驶出广场。尤小龙问："跟哪辆？"

　　"跟吉普。"牟立新说。

我的电话响了。

"喂?"

"是我,我家被盯上了,追我的是警察,还有一个瘦子,是到我家强拆的凶手之一。我现在很安全,刚才在跟踪他们,他们的车到了十谋县城一个叫梦海阁的洗浴中心,车里只剩一个人了,不知道是去干什么。"

"你打错了吧?"我这么说是为了以防万一。

对方沉默片刻:"对不起,是我打错了。"

挂断电话,我对李颦施和梁凯说了通话内容。李颦施说:"那就是说,陈德强要找的人,就藏在那里。"

全体开会。

我向李凡和朱颜同深深鞠了一躬:"两位老师,先前对你们不敬,我向你们谢罪。"

"没关系。"李、朱二人表示理解。

我说:"按理说咱们各司其职,两位老师做技术,我不应该烦扰二位,但事情进行到现在,想必大家也看清了,只要有对手,不管你做哪块儿,都不能独善其身。所以这次我想,既然咱们是一家人,分工就不要太清楚了。咱们劲儿往一处使,成败在此一举。赢了,成绩是大家的。败了,是我领导不力,我引咎辞职。"

"徐总,您就说要我们做什么。"李凡说。

梁凯把一沓材料递给李凡和朱颜同:"这是所有的资料、图片、照片,徐总还画了张图,你们看一下。"

"我们要讲个真实的故事,给市委书记任达看。如果任书记没有反馈,我们立刻缴械投降,逃离崇原。"

第六章 谋杀

一、情妇的价值

伍利光秃秃的头顶淌着油光,他示意陈伟良坐在沙发上,又翻过只茶杯,用开水烫过,给他倒上功夫茶。"你没伤着吧?"

"没事,可惜,让那小子跑了。"

伍利听陈伟良讲着细节,肥厚的嘴唇紧紧绷成一条缝,半晌才说:"他家的亲戚朋友,被咱抓得差不多了,他哪里能找到同伙?"

陈伟良张了张嘴,本想问除了牟立新之外,镇长有没有其他仇家,但话到嘴边,又把心里的疑问吞了下去。伍利慢慢抬起双手,轻轻揉搓自己的太阳穴:"抢了我三十多万,还差点儿没弄死我!就算他不露面,我也知道是他!"

"镇长,何二说打他的是个三十多岁的

高大汉子，和劫您的人可能是同一个。不如现在下通缉令，他就不好躲了，说不定能把他和同伙一网打尽。"

伍利摇摇头说："不行，那保安又没死。现在大张旗鼓地通缉，那几张报纸不定又做啥文章。我被劫的事一点儿都不能露，懂吗？从现在起，要盯死他家！我就不信那小王八蛋一辈子不露头！"

陈伟良离开后，伍利拨通了王小萍的电话。

"今天难得有时间，你晚上来梦海阁，新开的洗浴中心，就在川府酒楼对面。我不去接你了，你自己叫车来。"

王小萍是县二院的医生。上次被劫之后，伍利就再没见过王小萍，他怕劫匪也摸清了王小萍的底。

那天伍利醒过来时，发现自己被劫匪扔到了云河。他悲愤之极，当时就狠狠发誓要把劫他的人千刀万剐，却没有立刻发难。他在医院住了一个多星期，出来后偷偷把父母老婆孩子陆续送走，等和新村的农民被放回家，他就开始派人监视牟立新家。虽然牟立新并没露面，但敢替和新村出头劫自己的，除了牟立新还有谁！

他一直没对王小萍讲被劫的事，一是为了观察劫匪有没有打她的主意，二是不想让她像兔子一样跑掉。观察这么久，王小萍毫无异样，伍利的心渐渐放下。以前顾虑王小萍的名声，都是去没熟人的地方开房，现在伍利成了惊弓之鸟，天天睡在梦海阁，不敢再和王小萍去外面。梦海阁是他的据点，有几十个打手在每层看着，楼道里全是监控镜头，出入有严格控制，谁想再劫他，比登天还难。

王小萍看完最后一个病人，换好衣服，下了学的儿子已经等在办公室门口。

儿子陆涵今年八岁，上小学二年级，因为学校离医院近，他下学后常等妈妈一起回家。儿子今天格外兴奋，嘴里说个不停，王小萍耐心听着。到了小区大门口，王小萍说："妈妈今天晚上有事，要晚回来，你自己在家好不好？"

"好。"陆涵懂事地说。

王小萍爱怜地摸摸儿子的头，递给他十元钱，让他在楼下吃土鸡米线，又嘱咐他写作业锁好门。她目送着儿子蹦蹦跳跳地离去。一辆出租车鸣着喇叭缓缓经过她身边，她伸手拦下，开门上了车。

直到现在，王小萍也说不上自己对伍利到底是什么感觉，恨也罢爱也罢，人生匆匆，这个情人给她带来的利益已经把屈辱埋压得不露痕迹。

她本是偏远山区的贫困生。家里她是老大，下面还有三个弟弟。大弟得病死了，二弟三弟还没出生的时候，村里来了支教的老师，她才有书读。老师让她懂得，读书，是她改变自己命运的唯一方式。她是乡里的第一个大学生，从走出大山的第一天起就发誓永不再回去。她考进医学院，毕业后却无钱打点，又不想放弃专业进企业卖药，只得在原乡做了卫生所的医生，又在那里认识了在乡政府当干事的丈夫。

四年前，她参加镇上的会议，伍镇长挨桌敬酒时看到她，眼前一亮。当晚，她被点名留下，说是明天在镇里参加一个先进工作者学习班。晚上又喝酒，她被灌醉送到酒店，睡梦中感觉有人脱自己的衣服，她心里明白，却无力反抗。

酒醒后，伍镇长赤裸地躺在她身边，信誓旦旦要把她调到县二院，又威胁如果她报警就等于害了她全家。农村长大的王小萍怎能不知道地头蛇的厉害，屈辱之下，她想过投河自尽，但想到年幼的儿子，又没了死的念头。回家后，她还没想好要不要告诉老实窝囊的丈夫，县二院的调令就下来了。

做了几年情人，自己的父母兄弟儿子甚至是不争气的丈夫，都从伍利身上捞足了好处。最初的屈辱渐渐被做梦都不敢想的好处埋没，有时她自己都想，作为没钱没势的穷人，别说维护尊严，连有没有资格拥有尊严都成问题。

出租车不紧不慢地穿过小城，在或明或暗的树荫下行进。开车的师傅打着电话，王小萍则默想着自己的心事。又过了一会儿，司机的手机铃声再次响起。这一次，戴着鸭舌帽和墨镜的司机把车靠边停下，下车打开后门，把手机伸到王小萍面前。

王小萍诧异地看看司机，又扫了眼手机屏幕，突地打了个寒战。儿子嫩嫩的小脸出现在手机屏幕上，看到妈妈，笑逐颜开，小手向屏幕伸来。王小萍的心像刺猬一样紧缩成一团。司机挂断手机，示意她向里面坐坐。王小萍手脚僵硬地向里挪，司机和她并排坐在一起。

"你儿子在我们手里，不过别紧张，如果你按我说的做，我保证你儿子不会少一根头发。"司机停顿一下，"但是，如果你报警或是告诉其他人，你就再也见不到你儿子了，听懂了吗？"

"听懂了……"王小萍喉头干涩。

"你去梦海阁干吗？"

"见……见朋友。"

"叫什么？"

"伍利。"

"你俩是什么关系？"

"情人……"

男人透过墨镜盯着王小萍，似乎对她的合作态度很满意。"今晚你要做的，就是告诉我伍利在几楼的哪间屋子，怎么走，越详细越好。而且你要保证他必须在那间屋子里。如果我们今晚找不到他,你知道会有什么结果。"

王小萍突然发出一声啜泣,一把抓住男人的手臂:"我保证告诉你,你放了我儿子吧。他那么小,我和你们无冤无仇,你们不要伤害一个八岁的孩子呀……"

男人猛地抓住她的头发低声喝道:"闭嘴!如果让伍利发现不对头让他跑了的话,我保证把你儿子剁成丸子馅儿!懂了吗?"

王小萍忍着疼痛使劲儿点头。

男人把手松开,说:"一会儿把戏演好。到了梦海阁门前,下车不要回头,不要试图记我的车号。你现在把这个号码记在你的手机上,就说是你邻居的电话,存小张吧。你就说家里没人,请邻居照看你儿子。你可以先往家打电话,再打这个电话,也可以发信息。我们等你电话,也有可能我们会让你儿子给你打电话。你要想办法告诉我们伍利在哪儿。"

二、落网

王小萍努力做了几个深呼吸,要不是救儿子的念头支撑着她,她几乎无力举步。下了车,她径直走进金碧辉煌的旋转门,对迎上来的侍应生说:"我是你们老板的朋友,我姓王。"

侍应生在前面带路,穿过一楼豪华宽敞的大厅,坐电梯上到三楼。出了电梯,沿着迂回的长廊转来转去,王小萍暗暗叫苦。她发现,楼道两边的门上没有一间标着门牌号。侍应生在一扇门前按下门铃,伍利的光脑门出现了,他笑容满面地把王小萍迎进屋。

门在背后关上,伍利一把抱住王小萍,大嘴伸了过来。王小萍轻轻挣脱怀抱，走进屋子，边打量屋里的摆设边说："这么久没消息咯。"

"一言难尽，出了不少麻烦，这段时间焦头烂额。"伍利跟着进来。

"一个半月。"

"这么久？"

"装糊涂。"王小萍突然回过身和伍利对视，"四十多天不见面，电话也没有，好歹我们好过这么久，你要是另有人了，告诉我。"

王小萍的态度让伍利怦然心动。伍利玩过各色女人，从酒廊妹到大学生，但谁也不如王小萍让他回味无穷。也许就是王小萍当初的不情不愿，到现在的半情半愿，能让他这么久还能找到征服的欲望。伍利再一次环住王小萍的腰："真的有事情，忙得很，我发誓，绝对和女人无关。"接着，他不由分说把王小萍压倒在床上。

两人起身沐浴更衣。王小萍问："要带包吗？"

"用不到，自家的地方。"

两人穿过长廊，王小萍本想问问为什么门上连标志都没有，却怕引起伍利的疑心。坐电梯上到六楼的自助餐厅，电梯门一开，满目生辉。

自助餐厅极其奢华，巨大的水晶吊灯，宽大的真皮沙发和精心摆设的餐桌井然有序。一些世界著名油画的仿品错落地挂在墙上，餐桌上摆放着蕴含现代元素的花瓶，里面插满紫云英、石榴和各种时令鲜花。王小萍环顾四周："好漂亮！"

伍利说："美国人设计的，自然不差。"

这里喧闹嘈杂，人来人往。两人先订了桌，又取了托盘。忽然有人叫伍利，王小萍回过头时，伍利已经和那人握手了。王小萍连忙闪开，把两个托盘放回桌上，躲在高高的啤酒酿桶背后，从缝隙里盯着伍利迅速拨了电话。那边传来儿子的声音："妈妈！"

王小萍说："宝贝，妈妈现在在六楼的自助餐厅吃东西。刚才在三楼的一个房间，三楼全部没有房间号。上三楼直走右转，走到中间再左转，后面记不清了，转了四个弯，感觉那房间靠外，哪个方向我不知道。我估计一个多小时回房间，我的包还在那里。"说完，王小萍迅速挂掉电话，删掉记录，从酒桶后绕出来，拿着杯子接啤酒。

回到桌旁，伍利才和那人分开，坐在王小萍对面。两人边吃边聊，想想刚才王小萍的刻意回避，伍利有些不是滋味。这些年伍利身边从没缺过女人，却没有比王小萍更好的选择。如果王小萍没家，他倒是可以离婚娶她，可惜两人相识的时候，王小萍已经结婚生子。

"今晚别回了。"

"家里没人，孩子托给邻居了。"

"和邻居说下。"

"知道了。"

吃到中间，王小萍借故方便，去厕所发短信，让对方一会儿以邻居的身份接电话，为保险起见，就说孩子已经睡了。

两人吃完饭，伍利提出和王小萍一同去泡温泉。王小萍迟疑道："去哪里？不会又碰到你的熟人吧，多尴尬。"

伍利笑笑说："肯定会碰到嘛，小池温泉，都是给 VIP 客人和自己人留的，没事。"

王小萍说："你等一下，我给邻居打电话。"

说着，王小萍起身向外走，找了个稍微安静点儿的地方，拨通了电话。

"小张吗?"

"嘿,王姐。"

"我们一会儿去泡温泉,说是这里的 VIP 小池温泉。我想办法让他一点之前回房间,回去后我没法再打电话,也不可能再发短信。我来时伍利让我说我姓王,是这里老板的朋友,带我上楼的领班小伙子高高瘦瘦的,穿着件燕尾服,他们自己的员工应该熟悉三楼的房间。其他楼层我没去,不知道是不是一样。我也想过在房门上做记号,但实在没机会。"

"你最好记住怎么走,经过几个房间,左转还是右转,越详细我们找得越快。你的小孩儿已经睡着了,到现在为止他没受到任何惊吓。不过,你要是不听话,那就难说了。"

王小萍打起精神,和伍利一起去一楼的小池温泉。小池温泉自成天地,根据药物不同分成不同的池子,有的池子里没人,有的泡着两三个懒洋洋的男人,还有几个十八九岁的女孩儿在游泳池里。伍利带着王小萍进来,立刻有男人冲他招手。王小萍格外配合,微笑、招呼、倾听,她的身材一直保持得很好,泳装更衬得她风姿绰约,很抢眼,让伍利心情大好。

两人泡到尽兴,出来已过十一点。王小萍陪伍利吃了夜宵,才回到三楼休息。来回两次,王小萍已记熟了路线。两人进了房间,直到上床躺下,王小萍再无机会碰手机。

伍利一会儿就睡着了,呼噜声很快响起。王小萍慢慢起身,来到外间上厕所。刚才回来的时候,她故意把手机放在茶几上。现在,她进了厕所,把门从里面插上,心惊肉跳地发短信,耳朵随时听着外面的动静。发完短信,她冲水开门,又把手机轻放到茶几上,然后进卧室上床。伍利听到响声,嘟囔了一句什么。

不知过了多久,突然,门被重重敲响。伍利一激灵,挺身坐起:"快起来穿衣服!"

王小萍假意迷迷糊糊地问:"怎么了?"

"快!快起来!"伍利将王小萍一把拖起,又蹦下床去穿衣裤。王小萍也急忙穿上衣服。"跟我走!"伍利抓住王小萍的胳膊拿起包转过屏风,墙上露出一扇木门。

"包!我去拿包和手机!"

"不拿了!"伍利推王小萍进门,又在墙上按了一下,门在身后关上。伍利拿出手机按出亮光,王小萍看到脚下是楼梯。伍利拉着王小萍往下走,下了三层后仍然向下。

王小萍心中焦急,如果让伍利跑到地下室,别人恐怕再难找到,可她又无计可施。果然,下了长长的一段楼梯后,又是一道铁门。伍利按墙上的密码键,门缓缓打开,王小萍随伍利跑出来,原来是地下车库。王小萍借着昏暗的灯光四处观望,看到地上写着G32、G33等标志,这么说,他们在地下停车场的G区。这么大的地方,就算十几个人进来搜也不容易。

王小萍跟着伍利边走边问:"咋个事?我的手机和包没拿,身份证在包里面!"

"先跑出去再说。"

"能跑出去吗?这里有通外面的路吗?"

"有,在D区,通外面。"

"他们会追上来吗?"

"放心,他们过不了那道密码钢门。"

王小萍内心冰凉,看来伍利早已留好退路。可儿子怎么办?一想到劫匪的话她就不寒而栗,她不能让伍利离开这栋楼。

两人已经过了F区,王小萍越来越着急。她连手机都没有,不敢想象劫匪联系不到她会对她儿子怎样。她银牙一咬,动了杀机!

又走了十几米，王小萍看到墙边放着的灭火器，她迅速躲在柱子后，轻轻取下一个灭火器的铅封，拔掉保险销。伍利听到响声，回头一看，不见王小萍，他轻叫："小萍！小萍！"

王小萍左手握喷管，右手捏压把，等伍利走近，突然，王小萍闪身出来对准伍利狠捏灭火器，白色干粉喷薄而出，喷在伍利脸上。伍利啊的一声大叫迷了双眼，他下意识转身要跑，却撞到柱子上。

"你疯啦！"伍利回转身想抢夺灭火器。

王小萍举起钢瓶用尽全身气力砸向伍利，钢瓶砸在伍利的胳膊上，又叮叮当当掉在地下，偌大的停车场里发出空洞的回声。王小萍转身边跑边喊："来人哪！救命！"

伍利并没追来，仍向原来的方向跌跌撞撞跑去。王小萍拎起掉在地上的灭火器狠狠砸向一辆车，防盗器尖声厉叫，远处传来嘈杂的脚步声，离这边越来越近。王小萍踢掉高跟鞋，不顾地面的粗糙快步奔向伍利，一把揪住伍利的衣服。伍利如梦初醒，狠狠一脚踹在王小萍的身上，又扑过来掐住王小萍的脖子。王小萍伸手想去抠伍利的眼睛，却够不到，她奋力挣扎，脸渐渐发紫，头一歪失去知觉。

伍利起身向D区跑。身后传来喊声："在那边！"有人迅速向他追来。伍利眼睛疼痛难忍，却仍跌跌撞撞地狂奔。

"停下！再不停开枪啦！"后面的人越追越近。

伍利听出来，这绝对是受过专业训练的公安人员，难道是县公安局夜查？怎么没人打招呼？

"停下！"身后再次发出断喝。

伍利终于气喘吁吁地停下脚步，立刻有人过来给他铐上手铐。有警员正在给王小萍做人工呼吸，伍利忽然有了大难临头的感觉。

"徐曦朗，你提供的消息是可靠的。伍利已经抓住，他涉嫌杀人，被捕时正试图掐死一个女人。洗浴中心不止涉黄，还涉黑，有毒品交易，抓了二十几个打手，有你说的人。这件事的所有细节请你严守秘密。"

放下电话，我长出一口气。

自从发现伍利的老巢，牟立新几人就开始暗中监视，摸清了伍利和其他打手出入梦海阁的时间。我又请私家侦探挖出了伍利和梦海阁老板的关系。李凡、朱颜同两位资深设计师做了一个惊心动魄的PPT，有图有照片有动画，讲述了从茂源公司强拆和新村到竞标过程中的事件联系和人物关系，并提供了关键人物伍利以梦海阁为据点的真实图片。我把PPT放在一个邮箱里，给任书记发了短信，告知邮箱密码，说我们掌握了关于这块地内幕交易的真凭实据，如果任书记感兴趣，只需占用他几分钟，就能看到关键。

四个小时后，我接到了一个陌生电话，对方自我介绍是省公安厅的，说任书记已经看过内容，由他负责进一步调查，又问我有没有可利用的内部关系确定伍利的行踪。我说我可以请私家侦探调查。他对此并没有深究，我们双方心照不宣。

我找到私家侦探和牟立新，侦探说不敢保证，牟立新却说他有办法。我就把侦探公司当成幌子，作为对牟立新的保护。牟立新果然通报了伍利的消息。

我对梁凯和李颦施说："调动一切关系盯死伍利，千万不能让人把他捞出去。打手里有参与强拆的人，这些重要人证，一定要看紧！"

三、竞标重启

　　伍利被正式批捕。部分涉案人员已经招供，伍利参股洗浴中心，收受贿赂，与黑社会勾结豢养打手，为卖淫吸毒保驾护航，他的罪行远远大过一个强拆。对伍利的讯问也有重大突破，他暗示，手里有证据证明强拆非他主使，但他要和警方谈条件，戴罪立功。

　　于是，各方势力全都聚焦在伍利身上。我们的眼线传来消息，无论是市委、检察院还是法院，都有人在活动，甚至连任书记也受到了来自省里的压力。一个小小的镇长，竟然牵涉到省里的高层要员，可想而知，这巨大的利益链条盘根错节，牵一发而动全身。

　　任书记再一次做出追查到底的批示，这让我们信心倍增。敌对关系都已明朗，我们集团的活动也从幕后走到前台。上次差点儿丢命，现在真刀真枪，我再不敢掉以轻心。我带着一众属下躲进层层把关的云河军区高干家属区，还特意包了房间接许乐陶过来，嘱咐她说万一有人打她主意，她要说我早把她甩了，还定了暗号，如果她真被威胁应该怎么告诉我。

　　许乐陶看我认真，意识到问题的严重性。我讲了当初被劫的经过，她满眼都是惊惧。我们坐在沙发上，她使劲儿抱着我，缩到我怀里。天黑了，我要送她回宿舍，她摇头，眼泪一滴滴落下来。她啜泣着说："你能不能换个工作？能不能不做这些？你要是真心和我好，你就辞职，咱俩一起打工，我不用你养，我能养你。"

　　我又是心疼又是难过。我明白，这种事不是一个十八岁的女孩儿能承受的。我反复告诫她少出校园,一定保持低调,最好把精力全部投入到学习当中,在哪里都不要独自一人,哪怕找个男同学当临时男友。

夜深了,许乐陶在我怀里睡着了,我没想到,她高高的个子会蜷成这么小的一团。我把她抱到床上,守了她一会儿,也趴在旁边睡着了。

我和梁凯、李鏊施使出浑身解数,上找任书记,下通看守所,想尽一切办法想让伍利早点儿开口。可是,检察院的同志们一改往日作风,出奇地尊重人权。

就在我们忧心忡忡之际,忽然传来消息,市政府对和新村地块的竞标下发了指导意见,意见认为,根据市委市政府联合调查小组的调查结果,虽然和新村地块在征地过程中存在操作不当的问题,但该地块的规划与开发对推动十谋县地方经济以及繁荣云河周边地区都将起到极大的促进作用,符合整个地区的长期发展需求,因此,该地块将在市政府监察小组的指导下重新竞标。

十谋县再一次发了招商通告,一个月后报名截止。这次竞标只有一轮,终极 PK 之日就定在报名截止日期后的两周。

梁凯问:"竞标方案是在原来基础之上完善还是推翻重做?"

我说:"原来的竞标方案,关键就在于老年社区。我们可以拿到国家两个亿的无息贷款,不仅要动用部里的关系,我们手里还握着建设部的技术推广批文。这是实力与关系的综合,除了我们,他们哪一家都没有这种能力。如果他们没有国家支持,这个项目还没等赚他们就会被断掉的资金链勒死。这就是我们的优势。我们手里比他们多两个亿可用,就拿钱压死他们!现在的关键在于,不管是吹牛还是空头支票,我们都要把这个标拿下来。我们就在原来的方案上把投资拉高,做整体项目的进一步完善,不仅要体现钱的优势，更要体现整体设计水平的优势，增加公益和福利设施。而且，我们要提出一个严格的监督机制和管理标准，比如三年甚至是五年监督，在实现的过程中，每一个步骤都能实打实地让政府监控，做到了怎么办，做不到又怎么办。如果谁敢提出异议不要标准，就是摆明了想腐败，而如果按照咱们的标准，其他公司摆明了要赔钱。也就是说，就算我们竞不上，也要让这个标准产生，竞上的公司也要按照这个标准执行，如果能这样，我们的胜算就很大了。当然，这么做我们自己的利润也很小，甚至短期之内资金回笼过缓，但是，对于未来的战略还是非常划算的，我们不仅可以控制整个西南地区的高端建筑市场，还可以辐射东南亚，大型社区也会衍生出不同的社会服务和需求，这会加快我们的资金回笼。而且只要我们赢了，所有的关系就成了真正的关系，我们就坐实了政府项目的垄断者。"

李颦施说："伍利已经暗示强拆是某个领导指使，按理说，应该审个水落石出才能进行下一步。可竞标这么快就重启，就说明，有些势力连任书记也要考虑平衡。有人想用竞标移开众人的视线，告诉大家无论伍利案件结果如何，都不会改变竞标的进程，而且，他们也做到了。"

梁凯说："既然他们这些人仍在掌控全局，就要继续保证最初的结果，保证美国 GBD 公司胜出。我们应该分两步走，一方面提出监管措施，让任书记支持我们，让监管措施作为竞标的条件和标准，在竞标之前得到认可；另一方面，积极活动，让伍利开口，哪怕不成功，做个假象打乱那些人的阵脚也是好的。"

我从头到尾想了一遍，确定再无遗漏，说："就按大家的意见：一、监管措施递交任书记。二、给伍利个通道，告诉他如果和我们合作，不仅能减刑，我们还会给他其他保障。三、进一步完善方案，和其他公司拉开距离！"

其实还有第四，我的秘密方案。在上一轮的泄密事件没有水落石出之前，我不可能忽视任何疑点。这个秘密方案只有我自己知道。

四、镇长之死

刚进看守所，伍利挨了结结实实的一顿揍，没原因，就是号头儿看他不顺眼。但伍利很懂规矩，警察问他是否被打，他明明满身伤痕，却矢口否认，夹着尾巴极尽谦卑地和号头儿套近乎，饿着肚子省饭喂他。伍利的厚黑学早已炉火纯青，当奴才拍马屁的功夫哪是那些贩夫走卒街头混混可比！号头儿很快就不找他麻烦了，几天后，他又被送到过渡间，也就是看守所里相对舒服些的地方，干活不按分量，还有人给他送了钱，他可以自己花钱买饭。他知道，救他的人开始行动了。

然而，迟迟没取保候审，伍利才意识到，事情并不像自己想的那么简单。日子一天天过去，外面除了给送几次钱，没有其他迹象。黑漆漆的牢房阴湿寒冷，晚上，伍利对着潮气扑鼻甚至能渗出水珠的墙，看清了未来的命运——自己恐怕没机会出去了。而自己背后的那些人，他们有能力保全自己吗？如果保不住，他们会不会让自己死？于是在讯问的时候，他放出狠话，说强拆有人指使，他手里有证据。这么说，是给那些人施加压力，你们不想办法捞老子，老子就把你们拉进来！如果自己有个三长两短，证据早留好了，随时可以公之于众。死了也要拉群垫背的！

出完劳动号的傍晚，伍利给号头儿和自己各买了份饭，赔着笑坐在号头下首，正要往嘴里扒饭，忽然盘子被端走。他刚抬头，一盘冒着热气的饭菜正扣在自己脑袋上。接着，饭盆和拳头雨点般向脑袋砸来。伍利拼命护住脑袋，突然肚子一阵剧痛，只感觉有什么东西硬生生地扎进皮肉里。伍利发出杀猪般的嚎叫。管教很快过来驱散众人，把打人的犯人强行带走。

伍利被送进医务室，他的肚子上插着一支折断的牙刷。医生对这种伤司空见惯，做过局麻，利落地处理伤口。处理完毕，伍利被送进一间专用病房，里面只有一张铺着白床单的床，一个洗手池和便池，一面墙快到屋顶的地方开了个带不锈钢栏的小窗。

人生如梦，堂堂镇长居然沦落到如此地步，伍利悲从心头起，忍不住落下眼泪。他不想死，是因为原来活得太好，吃香的喝辣的，想要的都有了，还因为他牵挂着自己的一儿一女和老爹老妈。一想到此刻亲人的感受，伍利的心就一阵战栗。

麻药药性过去，肚子上的伤口越来越疼，伍利辗转反侧，刚迷迷糊糊睡着，又疼醒过来。半梦半醒间，听到有脚步声穿过寂静的走廊，开锁的声音，接着门咣啷一声被推开。伍利努力睁开眼睛，昏暗的光线勾勒出墙顶高窗的影子。

三个男人走进来，重新关上门，伍利看到了熟悉的面孔。一个男人向伍利伸出手。

伍利脑袋轰的一下，他看到那人手里有一个U盘，这是自己亲手交到对方手里以防不测的。伍利定了定神："你觉得我有这么傻，只留这一个副本，只放你一人手里吗？"

"涛哥手里的那份也交了。"

郭涛是望海阁的老板，伍利被抓当晚不在洗浴中心。男子拿出手机放出一段视频送到伍利面前，伍利的脸色黯淡下去。

"大哥，如果你说还有证据，上面只能认为留在你老婆或者你儿子手里了。"

"你晓得，外面的事我从来不让他们参与。"

"我对上面也是这么说的。"

视频在继续播放——两个孩子放学了，一路打闹，伍利的老婆走在他们身后，脸色茫然地拎着书包。

"大哥，你别怨我，我也是没办法。你放心走吧，我以我老婆女儿的名义发誓，我会照顾他们，只要你走，没人找他们麻烦。"

第二天早晨，护士端着托盘打开病房门。突然，托盘当啷啷摔落。

伍利的尸体悬吊在高窗的铁栏杆上，早已冷透了。

五、深湖迷雾

我刚刚和芬姐发生了争执，芬姐说她没法把监管措施交给任书记。"你不为我想想，我有什么权力递交这份监管措施意见书，这是监理处和审计局的事，我要是这么做不是明显越权吗？踩着那两个部门的领导往任书记身上贴，我以后还怎么混？"

其实我何尝不知道程序，但时间紧迫，这个意见书必须得到任书记的支持，才有可能在正式竞标时生效。上次我单独给任书记发短信，一是情况紧急，二是为了保密，虽然结果是成功的，但任书记指定的联系人已经明确要求我守口如瓶，我想这也代表了任书记的态度。现在涉及竞标的具体事务，我如果擅自联系任书记，恐怕会引起任书记的反感，所以只能请芬姐递交。

没想到芬姐大发雷霆，说上次的事就已经很险了，多亏你有狗屎运记者报道了那件事，不然现在还不知道怎么给你收拾残局呢！她下死口不让我找任书记，说我是她招来的商，只要把材料送到任书记那儿，不管是谁送的，都会给别人留下话柄。

回到办公室，我心烦不已。我明白芬姐的想法，她负责招商，不只在意招商结果，更注重结果出现之后，和她合作的财团是否能为她所用。她需要的是一个在自己控制之下的网络，每个结点都有条不紊地在她掌握之下运作，像我，像彭济元，还有其他在这个网络里利益相关的集团，而一旦遇到风险，她随时可以撤出，保证自己的安全。如果我真的激怒了她，她完全可以放弃我，重新选择合作者，所以无论我做什么，都不能超越她的底线。任书记我必须去找，但我应该怎么做，才能让芬姐接受呢？

晚上开碰头会，大家七嘴八舌，仍是毫无头绪。无奈之下，我只有再硬着头皮找芬姐，晓之以理动之以情。没想到一连几天，芬姐对我都是避而不见。这天我在芬姐办公室门外碰了一鼻子灰，心灰意懒地坐上车准备和梁凯回办公室，手机响了。我一看，心突地一跳，是小毛的电话。

"大哥，那个苏晓沐来了！在湖里画画呢！你快过来吧！"

"什么？你确定？"

"真的！我还能骗你！她正坐船头画呢！你快来吧，我等你！"

车窗外嘈杂混乱，我的心突然跳得狂躁不安，我对梁凯说："把车给我，我要去办点儿私事，你自己先回去。"

梁凯惊讶地扫了我一眼，把车停下，我换到驾驶座对他摆摆手，迫不及待地开车急驰而去。

车在高速路上狂奔，她的脸在颠簸中滑过树影。我似乎能听到她的声音，看到她的轮廓，她落寞的神情游离在广袤的湖水之上。我的眼睛有点儿潮湿，我不断深呼吸，警告自己别慌别激动，也许那并不是她，也许又是空欢喜一场。可这次，我分明闻到了她的气息。

第六章 谋杀

傍晚的阳光泛着紫红色，我一次次超车、超速，只想在天黑之前赶到。到达仙霞湖边时，湖水已经发出暗黄色的光芒，小毛在湖边向我挥手："你先去，看看是不是她！"

他带我走到船边，让我上一艘船，船上一个黑黑壮壮的船夫拉下了缆绳。小毛说："你跟他去，是他家船，我在岸上等着！是再来找我！"

小毛的纯朴让我很是感动。我跳上船头，天边云霞翻卷，淡绿的湖水渐渐变得浑黄，又被船桨搅动出绚烂的涟漪。此刻，泪水已经蒙住双眼，希望像是从黑暗中升起的星辰，熠熠照耀我胸中压抑不住的痛楚。在仙霞湖广袤柔软的胸腹之间，我吸吮那个女人在另一些时光留下的气息。水打在船底噼啪作响，发动机呜呜欢叫，水天之间，余晖渐渐幻化成灰黑的云边。

船开了很久，在一遍遍无法忍耐但又不得不忍耐的煎熬里，我隐约看到水天相接之处出现了两个小黑点。我跑到船尾，在突突的机器噪音里对着船夫大声喊："师傅，能不能再快点儿！一会儿她的船会不会走？"

"没的事，走的是同一条水路，是我家的船，他们回来我们也遇得到！"船夫大声回答。

我回到船头，努力睁大眼睛。发动机喧嚣的隆隆声压住了湖水动荡的波澜。天色越来越暗，我的视线只及几米，远方的湖面一片朦胧，那两个黑点不见了。我下意识地回过身，发现船夫不知何时已经走到我背后几步远的地方，手中拿着短桨。我全身寒毛刹那直竖，船夫愣怔片刻，马上向我冲来，挥桨猛砸！情急之下我向后一仰，左脚踏空，栽进湖里。

湖水霎时浸透我的衣服，我满心惊恐沉下去，只觉得向下黑暗无寂，他们原来是要害我！小毛竟然是和他们一伙的！小毛怎么能装出那么真诚的面庞？冰冷的湖水刺激着我的大脑，我用力一蹬，一只皮鞋在水中掉落。突然，我发现船正突突开向我的头顶！我惊慌失措，在水下斜线游动，在胸口快要炸开的时候，终于浮上水面长喘口气，又潜入水下无声无息地向外围游去。

我听到发动机的声音追随着我，游出一段距离，那声音竟然离我越来越近！我拼命向远处游，等再冒出头，听出原来船是在兜圈子，他们是想用船压死我。兜了几圈之后，船开走了。我蹬掉另一只鞋，仰身漂浮在水面之上保存体力，倾听发动机的声响越来越远直至沉寂。我抬腕看看心爱的航海手表，确定了方向。

因为苏晓沐的缘故，那两座山峰的位置、角度，早已印在我的记忆中。害我的人既然选择这种方式，肯定不知道我酷爱航海精于游泳，不知道我永远戴着这块虽不起眼却可随时确定方向、经纬度、温度和深度的航海表。

可我仍然凶多吉少。我正处在水域面积达二百多平方公里的仙霞湖腹地。粗略估计，离我最近的那座山最少也有六七公里，看山跑死马，何况在水里！高原的温差大，目前还不觉得，但一小时后我的体温会随着水温迅速下降，更可怕的是，我早已注意到仙霞湖岸边有密密的水草，就算我能坚持到山边，如果山边也有水草区，我一样必死无疑。

好在湖水出奇地平静，我横弋在浮波之上，茫茫湖水里只有我一个人，云层遮空，伸手不见五指。忽然有闪电划过，把黑暗的天幕撕开一道闪亮的裂缝，继而传来沉闷的雷声。我不由加快了速度，看看表，已经游了一个小时，我感到自己的胳膊和腿渐渐沉重起来。这时，又是一道闪电，我看到了两团山脉，雷声紧随而至，脚下的湖水也动荡起来，雨珠噼啪落下，风声渐起。

山峰就在前方，但黑漆漆的阔大水域像是在不断扩大，怎么也游不到边际。借着闪电，我看到水中自己的影子，想起彭济元讲过的传说，那些在我脚下的蜡尸，更增阴森森的绝望。我又想起苏晓沐，我曾对她说过，因为我太爱大海了，如果有一天老得不想活了，我就游到精疲力竭魂归大海。而此刻，我却多么渴望生存！我的身体正在渐渐僵硬与冰冷，我怕，我不想今夜孤单地死去，变成湖底伫立的一具蜡尸！

　　山峰的轮廓渐渐巨大，就像迎面扑来的暗影狂澜。大雨滂沱，打得我睁不开眼睛。越接近岩岸，我越感到巨大的恐惧，我已苟延残喘，浑身不只僵硬，水温更无情地把我体温渐渐带走。我的脚时而碰到什么物体，却已无痛无觉，分辨不出脚下暗藏杀机的危险，借着闪电我看到一道突出岩石下面裸露出的树根，便拼命向那条粗壮的根须游去，一把抓住它，却再也无力移动，我的脚下仍是深不可测，岩石之旁，更是遮住了闪电的光亮。

　　只借着树根的一点力，我在水中像灰烬一样晃荡，只要一个浪头就可以把我卷得无影无踪。我的手臂不听使唤了，又是一道霹雳点亮了山岩的苍翠，强光挂上岩峭又蓦然消失。我想到爸爸妈妈，庆幸不久前回家陪他们过了节，还有苏晓沐、许乐陶，最终还是妈妈的绝望占据了我整个儿脑海，她以后可怎么活?!她会疯的。

　　湖水动荡，我的手抓不住了，终于向岩石的阴影沉下去。我触碰到什么，头已浸到水里，腿却碰到了岩角，瞬间的刺痛使我身体再一次向上挺起。我用手摸索扒着岩角向上，肺几乎要炸开了，突然头一仰口鼻露出水面，又是一道闪电。我像一只湿漉漉的鹨鸟，挣扎着爬上露出水面的大石，死气沉沉地趴到岩石的圆顶。

　　不知过了多久，温暖渐渐唤醒了我。阳光在眼皮之外移动，意识突然欣喜若狂，我还活着。不计其数的虫儿在我头上身上飞来跃去，我慢慢睁开眼睛，一簇藤蔓阔叶摇摆地悬在头顶。我试着撑起身体，头晕目眩，手足无力。太阳把我右胳膊袖子和右裤腿晒干，其他被树荫遮着地方还湿乎乎的，我试着挪到太阳下，晒了好久，才渐渐有了些力气。

我慢慢爬过大石，顺湖岸寻找出路。我在岸边厚厚的植被里蹒跚而行，不断向上看幻想着发现一缕炊烟。当我转过一个山弯的拐角，忽然惊喜交集，我终于发现了人的痕迹，一条被人踩过的土路。

我扶着山岩一步步向前挨，每走一步，都感到自己正在滑向黑暗。我的手臂突然失去支撑摔倒在地，被岩石挡住的光线骤然冲进视野，面前是一大片自然空地，对着另一座山和波涛起伏的广阔湖水。我趴在地上，感觉自己的身体正在变薄变轻微不足道地随风飘起。我忽然听到声音，有什么东西正在一下下地敲击地面。我努力抬起头，有人来了，山弯对处，地面上出现一个长长的阴影，拄着拐，脚步缓慢。

刹那间，生的希望汩汩而来，我使出最后的力气撑起身体准备向一个老人家伸出求救之手。那人出现了，我的呼救声却卡在了嗓子里，她头戴白色宽边遮阳帽，帽檐宽大遮住了脸，手中并非拐杖，而是一个折叠的木画架。她是个瘸子，每走一步都用木画架做拐笃笃地支撑身体。她抬起头，久远的目光穿越过铁灰色的时空落在我身上。苏晓沐！我喃喃地发出声音，声音像是从宇宙的某一个部位遗漏下来，眼前一片黑暗，我向相映成画的大地深渊栽去。

六、重逢

幻觉一次次重复，头和胸脯在灼烧，热烘烘，冷冰冰，昏迷套着昏迷。那水一次次在我身边流动，我喝下去，它清澈地流过喉咙，把我活着的意识接续起来。

忽然，我听到了她的声音，像流水一样，漫开在天低云卷的晴空里。透过闭合的眼睑，我能分辨出光芒和树叶的间隙。她的声音蔓延在我耳边，细细密密地爬向我的肩膀、脖子、头发，一点点向里渗，似乎要把我揉碎。暖暖的街道上，行人说着欢快的方言。她的手臂在空中划过，我们推开一家家小店的门，香味传来，空气中弥漫着热带水果轻微腐败的香气，一股温暖的热流从嗓子流进身体，到处都是令人困惑的明亮……

有人按住我的脉搏，手指温暖干燥。我还是睁不开眼睛，但意识告诉我，阳光很好。我听到有人说话，然后，我听到了她的声音，眼泪一下从紧闭的双眼中涌了出来。这么说，并不是幻觉。

"醒了，醒了！"

我慢慢睁开眼，一张苍老温和的脸正对着我。她的头是秃的，是个老尼姑。她旁边站着的，正是我魂牵梦绕的苏晓沐。

苏晓沐脸色憔悴，眼圈泛黑，泪珠颗颗滴落。我惊讶地发现，她仍戴着帽子，头发有些奇怪。我躺着的角度，恰好能看到她下巴下方有条长长的疤痕，疤痕下还有大片的淤青暗紫。我张着嘴脸憋着，她看出我的焦急，慢慢摘下帽子，然后，摘下了假发。我的血一下涌上头顶！她的头是秃的，刚长出青蒿蒿的寸茬儿，头侧、额角缝针的地方清晰可辨。

"别急，已经好了，来，再喝点儿药。"

她侧身拿过碗，用勺子喂我。我尝出了药的味道，在我昏迷时喝过的，苦中带甜，一过喉咙特别清爽。老尼姑和她说了几句什么，对我微笑一下出去了。苏晓沐说："别急着说话，把药喝完。"

她一口口喂我。我没有丝毫重逢的喜悦，在心里混乱疲惫地询问自己为什么会发生这一切。喝完药,她转身把碗放在桌上,又回到床边坐下。我注意到她的腿是瘸的。她说:"对不起,接你那天,我出了车祸,在医院躺了四十多天才醒过来。我知道我不只让你担心,还让你……特别痛苦。"

"醒了,为什么不找我?"

"醒了也动不了,做了几次手术,第一次能坐起来照镜子的时候,我……很难接受自己的样子。我也想过给你打电话,可手机早撞碎了,我实在记不起号码。那时候,我爸妈都快崩溃了,我不想再让他们分神找我。后来出院回家,第一件事就是上QQ给你留言,却发现,你和那个小女生好上了……其实我特别为你高兴,也想,没必要再打扰你了。"

想起许乐陶在我空间里那些不管不顾的留言,我无法形容此刻内心的感受。刚刚苏醒的苏晓沐看到这一切,会是多大的打击!她是为了接我才出车祸的啊!我想说什么,一口气却堵在胸口。

苏晓沐急忙捏住我的人中说:"别急别急!都过去了!"

她不断搓着我的脸和额头帮我放松。一切都很讽刺,她柔软的手,我无数次渴望握着拉着的手,最终却以这样残酷的方式给予我抚慰。

当我再一次醒来时,阳光暖融融地照在被子上。我想看时间,却发现表不在腕上。我试着坐起身,还是头晕目眩。苏晓沐不在房间里,我强撑着下地推开门,阳光迎面射到脸上。

这是一个很大的院子,旁边还有几道门,雕花木格栏窗棂,配着只刷清漆的格扇。我推开旁边的门,顿时呆立当场。阳光从我身后透射进来,照到了整面墙上的《破晓之日》。

再站到这幅画面前,我恍若隔世,又惊讶地发现,它已不同于以往。凄凉的落日之下,血红中增添了一些光芒,给黑暗的湖面注入一道粉红的霞光。在霞光的映照之下，湖水里沉浮的人形，有几双眼睛像是被光刺激了一样半睁半闭。他们的目光不再空洞，而是或迷茫，或希望地朝向画面的一角。那里，天空已经从黑暗翻卷的云层中绽放出来，变成饱满的深蓝，星星由近及远，像是画卷之外有着更灿烂的辽阔夜空。

整幅画没有了当初的压抑疯狂，而是悲伤中带着一缕细细的温暖，充满悲悯的色彩。我看到蜕变的苏晓沐，又看到以前的自己，看到我的张扬狂妄，看到她的忧伤迷茫。那些鲜艳的甚至有些尖厉的色彩，被她满怀深情地记录或回忆下来，在她的笔下，爆发出难以想象的自然强光。

我不知不觉泪流满面，扶着门框摇摇欲坠。为了苏晓沐，我来到这遥远的边陲，两经生死，独自疯狂而孤独，多少次午夜梦回，那些无边的痛苦与绝望压迫得我喘不过气，虽然我们终于再见，一切却已不复从前。长久的猜忌让我对她的爱受到毁灭性的摧残，虽然我已经知道原因，但我仍然再无信任，再无安稳。

夕阳的余晖从窗外的树丛中温和地透射进来，山脊上的岩石释放出带着热量的微光。我从沉睡中再一次醒来，独自待了一会儿，拿起床头柜上的小木槌敲墙壁。苏晓沐推门进来，我问："我来这里多久了？我的表呢？"

"在抽屉里，今天是第六天了。"

"六天！"我猛地坐起身，又"啊"的一声躺下去。

"你要干吗？别动，我去拿。"苏晓沐拉开抽屉拿出表给我戴上。

我说："你给我点儿钱，我要走。"

"走？你连站都成问题！"

"我以后再和你解释，把你身上所有的钱都给我，立刻送我出去!"

"可是,我现金只有几百块,存折在家,我可以去取……"

"先把钱给我,不够我再想办法。"

"哦对了,还有张卡,那里面应该有些钱,到银行查下,有多少取多少吧。我陪你上岸。"

我们简单收拾了东西,乘送米的驳船上岸。苏晓沐坚持送我去云河,我虚弱无力,便讲清楚她去可以,但一切得听我指挥。

我俩搭上一辆空货车,坐在两个纸箱上。司机关上车厢门的时候,我看到苏晓沐的眼睛里满是不安,她不懂为什么不能找个正经车回云河。我问她为什么会在山上,她告诉我,她父亲曾给庵堂捐过一大笔钱,她也入了居士,出院后,她腿脚不便,就借住在此完成画作。这两座山少有人居,庵堂只有住持带着十几个尼姑清修。

她问:"你怎么会找到我?你是游过来的吗?"

天哪,可怜的苏晓沐,她竟然以为我是在找她。哦,不对,我几乎忘了,她是况思含,是另一个人。

"你租过船到湖里吗?"我继续问。

"租过一次,那是我出院刚能走的时候,怎么了?"

"只有一次?我们遇见的头一天你没租船去?"

"没有,我腿不方便,不能总让家里人接来送去,不然就不来这里了。"

看来,第一次发现苏晓沐的人的确是小毛,害我的人并不知道苏晓沐在这里。既然凶手能把我骗来,肯定是研究了我的手机通话记录。如果这样,他们查梁凯的通话记录也肯定轻而易举,所以我不能用任何当地号码和梁凯联系。

凶手不用刀枪干掉我,很明显,是不想让我身上有伤痕。也许我失踪对他们来说是最好的结果,我是自己接电话出来的,谁

第六章 谋杀 | 135

知道去了哪里？就算有一天找到尸体，身上没有伤痕，也就成了无头悬案，不会成为阻碍竞标进程的刑事案件。他们为什么急于害我？是因为我要呈给任书记的监理措施预案，还是我准备和伍利达成交易？害我的人是了解我和苏晓沐的关系，还是单纯研究通话记录知道我要找这个人？

我的脑海中突然蹦出了一个名字——卡夏。她知道我要找苏晓沐。

可以肯定，害我的人绝不了解我的从前，如果知道我游泳技术好，不可能用这种方式。我的同事们都了解我的游泳身手，我也不止一次和他们显摆过我的航海表，如果是他们，不会傻到连这一层都想不到。

卡夏知道我要找苏晓沐，她也是偷资料的最大嫌疑人。可我们远日无冤，近日无仇，就算她偷了资料，也不用处心积虑地置我于死地啊！再说，这么复杂的谋杀，不是一个人能完成的，谁是她背后的指使者？我突然全身一阵冰冷，芬姐？只有她知道我想找任书记做什么，而且也只有她能指挥彭济元，再逼迫卡夏，可她是什么时候被收买的？如果是卡夏，赃款在哪儿？我们对卡夏的调查真刀真枪，却未发现丝毫线索。难道她还真找个地儿把钱埋起来了？

想起和芬姐的情分，我心里一阵阵发寒。芬姐待我不错，除了合作关系，我是一直真心把她当大姐的。看看我身边这些人，芬姐、彭济元、卡夏、苏晓沐，或朋友或共事或是我爱的人，可每个人都有让我不能相信的理由。我再一次想起那晚我问卡夏时她的回答："你说的应该是况老师，她出国了，她得过许多奖，你可以上网查一下……"

苏晓沐没有出国，为什么她单位的老师和学生都众口一词说她出国？她明明早就离开崇原艺术学院了，为什么骗我说她是去交流？为什么她会提前换QQ秀？为什么用那句话——此恨绵绵无绝期？我们相处那么久，她为什么从不想告诉我真名？为什么从不提她的过去？问她，总被她轻描淡写地一语带过。她想隐瞒什么？为什么她要单独办个号和我联系，却从没告诉我她还有另一个当地的手机？

此刻，苏晓沐就在我身边，我却不知从何问起。两次与我擦肩而过的死亡让我对一切都充满怀疑，最终我决定，说一点儿真话，试探她一下。

"我还真是来找你的。上次来仙霞湖，偶然发现你画的这两座山，你几年前经常租船来这儿画画吧？"

苏晓沐点点头。

"我们当时在两座山间看落日，一眼我就看出了这是你的原视角。我想你失踪那么久，不管因为什么原因不愿意见我，可能都会回来完成你的画，就雇了一个船家找你，后来他真见到你了，就是你第一次坐船的时候。这次过来是他第二次给我打电话，说你正在画画，结果我上了他指定的船，被打下水，游了很远才死里逃生爬上岸的。"

苏晓沐呆呆地望着我，眼神一片迷茫。她像是认为我在发烧说胡话，或者我的话超出了她的理解范围。她吓傻了。总之她的反应让我觉得是正常的，她没骗我，别人并不知道她在仙霞湖，她也不知道发生的一切。

她突然打开包拿出手机，她的动作有些凌乱，除了画画，我从没见过她如此急促。她把手机递给我说："赶紧报案，快！"

我摇摇头："现在不能报，一会儿取了钱，你就包个车自己回去，我处理完事情就去找你。如果不找你，那你就……就当从来没有见过我这个人。"

"什么？你不要吓我，你不报我也会报的！难道你也犯了罪?"

"没有,相信我,我报案不见得安全,我只能向一个人报案,而且首先要把自己隐藏在一个安全的地方。"

苏晓沐呆呆地瞪着我。我既不想,也无力向她解释什么。车把我颠得昏昏欲睡,后来我果真睡着了。

晚上,我们终于到了云河。苏晓沐带我到中医院附近的一个家庭旅馆安顿下来。这种旅馆大部分是偷着经营的,只要给钱,就不用身份证登记。房间还算干净,苏晓沐让我先躺下,又去公共厨房给我熬药。我拿出新买的手机和卡,拨通了梁凯的电话。

电话很快接通,不等梁凯说话,我压低声音:"别说话,是我。你记另一个手机号,一会儿用一张安全的卡打过来,不要告诉任何人,我要和你单独说话。"

挂了电话,我换上另一张卡。不久,电话响了,是梁凯。他问:"你在哪里?怎么失踪了这么多天?你爸爸和哥哥来了,我和李鏐施刚刚把他们送回酒店。你现在安全吗?"

"我差点儿被人弄死。听着,先不要告诉任何人我的消息,你们该做什么照常做,也不要告诉我爸爸和哥哥,正常接待他们就好。你现在立刻找我们自己的关系控制一个人,他叫小毛,是仙霞湖明星渔洞码头上的船夫,二十一二岁,有老婆有小孩儿,就是他把我骗到湖边的。咱的车停在湖边停车场,小毛把我骗上一艘船,船上的男人把我打下水想要害死我。你要想办法找出背后的指使者。"

"明白。有件事你可能不知道,伍利自杀了,这个事前天才对外公布。但据可靠消息,他已经死了十几天了。他留了份遗书,把所有责任都揽过去,说是他贪污了县里下拨的补偿款,指使黑社会强拆。"

我心里咯噔一下。"他自杀?不可能!"

"真的是自杀。咱自己的关系说,检验结果准确,真的是他的笔迹,血书是在医院的临时病单上写的,指纹确认无误。看守所的人说事先他曾挨过犯人的打,肚子上还被人用牙刷扎了个洞,刚做过手术,当晚住在单人病房里,有充分的时间写遗书。他是用身上的绷带在窗户上把自己吊死的,指纹、床上的脚印什么的全都吻合。当然,还是有很多疑点,比如说当晚巡查竟然没人发现,估计很可能是被胁迫死的,但的确是他自己动的手。"

我的冷汗簌簌而下,想起伍利的狠毒,这么个狡猾阴狠的角色竟然能顷刻间销声匿迹,我的手控制不住地发抖。真是万幸,他们用那种方式害我,如果换其他任何一种方式,我都必死无疑!

"在你失踪的第二天,于局长打电话找你。我说你去办私事还没回,她说你电话打不通,就亲自来了。她当时很着急,说伍利死了,让我们赶紧找你。我告诉她头天你接个电话就匆匆开车走了,然后再也联系不上。于局长让我们立刻报案。我怕你真有私事,说再等一天,结果第三天你还没消息,我们就报了案,又汇报了总裁,在报纸上登出寻人启事。昨天晚上,于局长带着我和李鏨施夜闯任书记家,汇报了你失踪和伍利自杀的消息。书记听后非常震惊,我俩又向书记汇报了公司被窃取资料的详细过程,把监理措施意见书也给书记了。今天一早我就接到了警方和于局长的电话,刚刚成立专案组彻查你失踪和伍利的死因,还给我和李鏨施特设了二十四小时绿色联系通道,如果有你的消息,专案组会立即行动。你回来的消息还要向专案组保密吗?"

"坏了!"我心里咯噔一下,"立刻抓小毛,别让他看到报纸躲起来!你就让专案组查我的通话记录,随时告诉我调查进展,我看看情况再定!"

"徐总,你爸和你哥受的打击可不小!"

第六章 谋杀 | 139

"你想办法给他们点儿暗示,他俩都是一点就透的人。"

放下电话,我试图理清思绪。

我对芬姐产生怀疑后,除了任书记,再无其他人可以帮我。但芬姐因为我的失踪做了她最不愿意做的事,夜闯任书记家,而且梁凯还递交了监理措施,那芬姐的疑点就没有了,除了一种可能,她表面做戏,任书记也默许。现在关键是看任书记对监理措施的态度,如果他置之不理,就说明他有可能默认我成为牺牲品,以保证他政局的和谐。既然任书记已经知道我失踪并成立了专案组,我就不需要再给他打电话了,我只要冷眼旁观他的态度,就知道是不是芬姐在害我。同时我也特别想知道,对我下手的人如果以为我死了,下一步他们会做什么。

七、赃款

第二天早晨,我和苏晓沐下楼来到医院的 ATM 机取钱,我今天必须买一个可以上网的笔记本。

苏晓沐先取出一张卡里的五千块钱,又从钱包的最里端抽出另一张卡,插进机器里。这是一张很旧的卡,上面号码的位数和现在的不一样,应该是早几年的银联卡。按了密码,她注视着屏幕,一会儿,一串数字跳出,她有些茫然地盯着屏幕。在她没反应过来之前我已陡然心惊,里面的存款竟然有五十万八千二百四十二元!

苏晓沐终于数清楚了,她转头向我。我的身体几乎僵硬,一缕清晰的思绪像一只尖锐的银针扎进我的脑海。从她吃惊的眼神中,我看出她并不知道这笔存款。我突然抬手按退出键,抑制住怦怦的心跳,拿出卡拉她远离排队的人们,低声尽量平静地问:

"是不是你爸妈给你存的?"

苏晓沐迷惑地看着我:"不会啊!他们就算给我存钱也得告诉我呀,再说他们根本不知道这张卡的卡号。不会是银行搞错了吧?你怎么用这种眼神看我?"

我不知道我看她是什么眼神,我只知道自己脑海中的那些显著的疑点突然被这五十万串成了一条线,如果我的怀疑是真的……不,我无法想象,不能接受!我的头脑中出现了理智的声音:别让苏晓沐产生怀疑,淡定,淡定。

我定了定神:"我们去银行窗口看看吧,打份清单,也许真的是银行搞错了。"

她怔了一下,也许她终于想到她的真姓实名了,但还是点头同意,跟我进了银行。我们在一个窗口前排队,轮到她时她打开钱包拿出身份证递了进去,我看到了那个纠结于心的名字——况思含。我扭头看她,她也平静地和我对视,神情里没有丝毫歉意或是羞愧,好像我应该对她用假名的原因了然于胸。

我观察她按的密码——409116,苏晓沐记不住数字我是知道的,她说她醒来后想不起我的电话号码我并不感到奇怪,连她自己的电话号在充值时都要经常问我,她所有的密码都是她的生日。看来,116 是另一个人的生日了。我真想立刻打电话给梁凯让他查卡夏的生日。

银行工作人员查出,卡里的钱的确就是我们看到的数字。钱是分两次存进银行账户的,八月三十日存了二十五万,九月十二日存了二十五万,而我们的竞标,是在九月九日。存款人名叫陈杨,苏晓沐从没听说过这个名字。银行工作人员说如果要查底,只能到存款的银行去查,她告诉了我们那两家银行的地址。

走出银行大厅,苏晓沐仍是满脸疑惑,我默不作声地跟在她身边。走进街心公园,她坐在一张长椅上,阳光把天地之间涂成巨大无比的金黄背景，我很难分清头顶的枝叶间是金黄的花朵还是阳光的碎片。沉默一会儿，我问："苏晓沐，你还当我是你最亲近的朋友吗？"

她的目光停留在远方的云朵上，半天才说："你一直是。"

"我还是爱你，你相信吗？"

我看到她的眼里慢慢噙满泪水。

我擦了擦满头的虚汗，靠在长椅上，我们俩就这样一起望着天空。云彩真美呀，层层卷曲的白色浪沫，像漫天河流中起伏的波涛。这个景象，无可替代地成为云河这个城市，还有绵绵不绝的崇山莽原的象征。

"你愿意跟我说说那个人吗？你猜到的那个人，还有你叫况思含时候的事。"

"对不起，我不想说什么。"

第七章　反戈之变

一、爱人

"他租我船,在船上待了一晚上,他说他是画画的,要找另一个画画的人,是女的,叫苏晓沐。他说我要是能帮他找着,他给我五万块钱。从那往后,我没事儿就在湖里转悠!过了半个来月吧,我在湖里就看见那女的了,坐老黑老婆的船,和大哥说的人差不多,我估摸是她。我就给大哥打电话,没想到听大哥那语气,好像不想找了,我就急了,那我这么长时间不是白忙了吗?我说找人也不值那些钱,给我五千就行。我俩说好下次我再看见那女的就打电话让他赶紧来。过了一阵,有个人突然来找我,问我是不是有个姓徐的让我找人。"

"是男是女?"

"男的。"

"什么时候找的你？"

"也就十五二十天前，我也不知道他咋知道我的电话，他直接给我打的，说他在码头要租我船，我就去了。"

"他跟你说什么了？"

"他给我一千块钱，问我大哥想找谁。我告诉他找个女的。他问我那女的啥样，当时我留了个心眼，万一是坏人呢，我就没说。没想到他当着我面打了个电话，打完他就问我，是不是找一个画画的女的，大眼睛双眼皮大个儿，姓……姓什么来的，我没记住，反正不姓苏。我一听，这都认识啊！他说那是大哥和他的朋友，他是帮大哥的，但是不想让大哥知道，让我必须保密，不能告诉大哥，说大哥那份钱还让我挣，然后就把一千块钱给我了。"

"之前你和别人说过这件事吗？"

"没呀！赚钱的事我能和别人说嘛！大哥跟我说过，那女的叫苏晓沐，也有可能叫别的假名，找着了也不让我跟她说大哥在找他。给我钱那男的说帮大哥找，也不能让大哥知道，我就觉得这事儿不对，但我也没对不起大哥是吧，是那男的自己知道的这怪不着我是吧？过几天他又来了，还给我介绍两个跑船的，胡子和他弟。"

"胡子长什么样？"

"挺黑，挺壮，长一脸络腮胡子。他弟白净脸儿，剃个平头，个子和我差不多高。他哥儿俩包租石喜家的两条船，先租一个月，说看看生意再确定以后接不接着租。那男的说胡子认识那女的，要是哪天找着了就让胡子通知我，还是我给大哥打电话，要是找对了，大哥给我钱我全拿着，要是给少了剩下的他补。就那天，胡子给我打电话说人来了，在他弟的船上，让我赶紧给大哥打电话，胡子自己来接大哥。我一听高兴啊，当时我的船离画画的地方不远,我还特意开船绕过去看了一眼,那女的在胡子他弟的船头画画呢,有画架子。"

"你确定是你上一次看到的女人吗?"

"这个,我没看太清楚,因为当时天晚了,离得也远,不过看身量,还有画架子,肯定是那人了呗!我赶忙给大哥打电话,胡子也来接大哥,让我看着车。我想这就别急了,有车人跑不了是吧,大哥也不像是不认账的人。一直等到晚上九点多,他们还没回,我就给胡子打电话。胡子说还在湖里呢,让我第二天早晨在车边等着拿钱。第二天早晨我到停车场,一看车还在,再打电话,胡子的不通,大哥的也不通。到晚上我觉得不对了,去找胡子,结果胡子和他弟的船都没回来,人也不见了。我想是不是出啥事了,去找石喜。石喜也着急了。我们找了好几天,才听说石喜家两条船在公路码头靠的岸,人都没了。我想是不是大哥和他那女朋友被胡子那两人劫啦?我就天天守着车,寻思谁来找我得告诉他一声,完了你们就来找我了……"

这是讯问小毛的录音。银行录像已经调出,窗口存钱的女生的确叫陈杨,在拘留陈杨时竟然有了新发现,陈杨和卡夏住在一起。我的推论全部串了起来,有人查了我的通话记录,探了小毛的底。卡夏偷资料在先,又和凶手互通消息,是她告诉凶手我要找的人的特征,小毛记不住的那个少见的姓,应该是况。胡子和他弟是早安排好的凶手,当天有人在卡夏的指导下假扮了苏晓沐。还有,卡夏的生日,116,11月6日。我想我终于明白苏晓沐为什么从一开始就拒绝我了。

初见苏晓沐,我为她的才华一见倾心;初见卡夏,我也惊艳不已。这么两个才华横溢的人在一起学习工作,撞出什么样的火花我都不奇怪。此刻,我更能理解苏晓沐之前的所有行为,感同身受苏晓沐的伤痛。

报警人姓名：李××

报警时间：2009年7月5日18点06分

交通事故地点：昆锦公路锦山完河乡路段

伤者：况思含，女，年龄……

这是交通局事故科存档的事故记录单，梁凯照了照片传给我，还有两张车祸现场照片。苏晓沐果真是为了接我才出了车祸。

我的心里充满歉疚，她没有失约，是我的问题。我对黑暗丑恶见怪不怪，对一切善良美好的事物都心存疑虑缺乏信心，所以才会暗中怀疑她调查她。可还是有很多疑问，卡夏到底知不知道苏晓沐在仙霞山？她害我到底是因为苏晓沐还是因为利益？虽然我追求苏晓沐，但她并未接受我。难道苏晓沐把我当成拒绝她的理由让她知道了，所以卡夏才对我怀恨在心？

可就算卡夏从苏晓沐那里得到我的信息，怎么会那么巧，卡夏偏偏就在一家和我合作的公司里？难道真的是冤家路窄？

云河人经常去仙霞湖吃鱼，我们出现在仙霞湖不能说是巧合，但怎么就那么巧，我们的船就停在苏晓沐作画的那个视角？船在那里时，周围并无其他游船，可见那里并不是什么特殊的风景区。不，我绝不相信世间竟有这样的巧合，再往下推论——难道彭济元也是知情者？

这两天我一直不遗余力地装病、装晕、装吐，我不想让苏晓沐离开我。我怕她给卡夏通风报信，怕她在这事件里有牵连被提审。同时我也想确定目前她和卡夏的关系，如果她不想离开，说明她俩没有联系，说明她对卡夏存钱的事一无所知。

她尽心尽力照顾我，帮我买电脑，买手机，买菜做饭，陪我窝在这个简陋的小旅馆里。虽然每次她出门我都抱着她离我而去的准备，但她每次都回来了。我想她一定也对我充满歉疚，我终究是为了她才来到这里，为了她才被打下水。从那天开始，我们没再谈论任何关于以前的话题，她严守陪我来云河的规则，一切都听我指挥。

我推开门出来，见苏晓沐的房门开着，她正站在阳台上，伸长手臂把衣服晾上衣绳。她向上仰起的颈部像一条怡然跃出水面的青鱼的尾端，光滑纤长，充满紧绷绷的质感。她那么美，风姿绰约，连她的假发和额角长长的伤疤也变得说不出地好看。

我走到她身边帮她晾衣服，阳光透过窗外枝叶的罅隙，在她长发上留下光束，额头的细小汗珠带着明媚的光晕，她微笑着说："我觉得你今天的精神好多了。"

这真是美好的时光，我们的头一起向上仰，我又看到了云河。我突然很后悔告诉她我被害的事情，我应该保护她不是吗？我应该让她远离所有黑暗，让她一直生活在美好的情境里，就像我第一次见到她那样。

我鼓起勇气，慢慢抱住了她。她的身体在我怀里僵硬地紧绷，但因为我抱得缓慢，她没有被侵犯的感觉，没有下意识躲闪。当她察觉到我除了抱住她的肩膀再无其他意图，她的身体也放松下来，用同样缓慢的方式轻轻挣脱了我的怀抱。她抬起头，用一种复杂的目光凝视着我。

门突然被重重推开，两个男人进了房间，对苏晓沐说："你是况思含吗？"

我吃惊地看着他们。苏晓沐点点头："我是。"

对方亮出证件："我们是公安局的，请你和我们走一趟，协助调查。"

我和苏晓沐面面相觑。这时一名男子走上阳台，叫出了我的名字："徐曦朗？请你也跟我们走一趟。"

二、短兵相接

破晓之前，几个男子走出夜总会大门。

陈伟良上车摇下车窗，看看旁边紧贴的车，咒骂一句。一名保安小跑过来帮他指挥，打了几把轮，才错出车。陈伟良掏出烟盒抽出一支烟，低头，火苗在夜色中妖娆地抖动了一下，突然，他软软地倒下去。

醒来时，陈伟良发现自己在一个木箱里，箱盖紧压着头，身体蜷曲成一团。极度的恐惧充塞心头，他呼吸困难，忍不住咳了一声。有脚步声向他走来，一只脚踢了踢木箱。"醒了？"

箱子突然被人抬起，拎着走了十几步，悠荡起来忽然向下摔落。在陈伟良的惊叫声中，水花四溅，箱子立即下沉，水涌入缝隙呛进口鼻。陈伟良惊恐地挣扎着。

箱子终于被拖出水面，盖子"嘭"地打开。眼前骤然明亮，一只大手凶狠地扳起他的脸。陈伟良拼命咳着，透过眼睑上滴滴答答的水珠，他立刻认出了面前的人。这张脸和上次见面时已有不同，下巴上蓄了胡碴，短短几个月，原本柔和光滑的少年脸形竟然有了成人的粗粝棱角。

对方从口袋里拿出手机，按了几下，放在陈伟良眼前。一个中年妇女和一个六七岁的小女孩儿被绑在一张铁床上，眼睛蒙着。陈伟良的瞳孔蓦地收缩，像是喉咙突然被卡住，咳嗽立时停止。

牟立新缓缓开口道："徐曦朗在哪儿？"

有人狠狠地推我。"醒醒！起来，有人接你。"

我翻了个身，后背上的肉被硬板床硌得热辣辣的，我努力撑开眼皮，迷迷糊糊蹬上鞋子，随便衣走过幽暗的长廊，推开钢栅栏门，芬姐和梁凯站在门口。

原来，任书记为了避免内部裙带腐化，督促检察院领导成立专案组，动用刑侦手段，所有调查人员全部外调，所有涉案的政府工作人员严格筛查，又给梁凯和李鼙施特设了 24 小时绿色联系通道。如果有我的消息，专案组要立即行动，最大限度保证我的安全。

梁凯没有透露我还活着的消息，又怕被监视，没和我联系，只向专案组提供了小毛、卡夏存钱这些线索。专案组迅速控制了卡夏，又秘密搜寻联系我和卡夏的关键人物况思含，碰见我纯属意外。

第二天，我向专案组述说了被害经过，又被单独安排在一个特殊的地方休息。关于我安全的消息仍然封锁，除了梁凯，公司其他人全然不知。两天后就是竞标日，任书记把我们的意见书交给监理处和审计局，要求在和新村地块竞标之前拿出意见。两单位根据意见书做出了实施标准，并出台草案，拟今后同类项目全部要具备相关实施监理标准。

有了监理标准，我们的赢面大大提高。专案组长要我在竞标当天再现身会场，他们会派专人保护。我不知道凶手是否得知我还活着，虽说专案组的人是任书记亲自挑选的，但官场人脉无孔不入，就算任书记也没长透视眼。我只有更加小心。

苏晓沐仍然被专案组扣留，据说和我一样，生活比较舒适，只是暂时失去自由。专案组长告诉我，卡夏至今一言不发，不过他们已经调查清楚，况思含对所有事情都一无所知，而且自从况思含离开学校，她们再没有过任何联系。

第七章 反戈之变

当我出现在我的团队面前时，李鼙施跑过来抱住我喜极而泣，李凡和朱颜同也是满脸惊喜。李凡没再叫我徐总，他狠狠拍了一下我的脑袋说："你小子真命大！"

我内心感动，向大家深深鞠躬，又简单说了被害的大致经过。我说："专案组封锁了消息，我们的对手很可能不知道我还活着。而且，监理标准已经下发，和新村项目会成为第一个试点。我们有部里的指标，比他们多两个亿的无息贷款，有了这些保证，从理论上讲，我们是胜券在握。但越是这样，我越不安，无路可走的疯狗咬人最可怕，所以现在大家首先要保证的，是自身的安全。本来我以为，这就是一个项目，一个生意，虽然利益巨大有暗箱操作，但争夺利益本来就是生意场的常态，可我万万没想到，真的会有人对我下死手。是我太天真了，从牟立新出事就应该看清那群人的嘴脸。一个好端端的学生被逼成逃犯，他爸他姐夫，老老实实的村民，成了黑社会团伙。那些人还有什么不敢做？伍利死了，卡夏进监狱了，在某些人眼里，只要有钱，人命不是命啊！不过我仍然很庆幸，一是我相信自己大难不死必有后福，二是我终于看到，这个社会，还是好人、有良知的人更多。任书记顶着那么大压力，抓伍利，成立专案组，下发监理措施，芬姐表面上那么圆滑的一个人，关键时刻为了保护我挺身而出。所以我们不是孤立无援，我们有坚强的后盾，最后一搏，我愿竭尽全力。"

我们迅速投入工作，审核方案，推敲每一个步骤。傍晚，梁凯突然接到了集团董事会秘书处的通知，要梁凯带队退出竞标。

三、决议

就在我失踪的第二天，集团召开董事会，探讨关于崇原地块的竞标问题。在董事会上，公司的一名董事针对我们的竞标方案提出了质疑，他列举详细数据，说明由于加大老年社区的福利项目，使得利润大大降低，短期回款难，大量占用资金，增加资金链断裂的风险，还出示了我收取巨额贿赂、出卖公司利益的证据。

我突然失踪，下落不明，连一向对我青睐有加的总裁也产生了怀疑。因为专案组的严格要求，梁凯没向董事长报告我已经回来。经过董事会反复讨论，终于在昨天通过了退出和新村地块竞标的决议，暂停崇原地产项目的一切活动。

我恍然大悟，原来对我下手的真正原因在这里。作为崇原省区域总经理，在董事会执行决议之前，我有权利提出申诉。所以，我必须死。

大家都看着我，等待我的决定。

李顰施说："徐总，我们的对手神通广大，已经把手伸到我们集团高层，既然这样，现在就更不能通知董事会你回来了。你只要做一个决定，竞标还是不竞，按制度，只有你有权做决定。"

"我想听听大家的意见。"

"当然竞！我们已经做了这么多工作，受了这么多委屈，你还差点儿丢了命，现在赢面这么大，凭什么让我们退标？你可以明天晚上下班前向董事会递交申诉，反正只要你回来，就有权申诉。董事会最快后天回复，那我们已经参加竞标了！"李凡说。

大家一致同意。我又全盘想了想，确定再无遗漏之处，于是对大家说:"我决定继续参加竞标,不只是因为在这个标上我们付出了太多。我想在我们能力的范围之内,尽可能建立一点儿公正,还老百姓一点儿公道。我想再一次增加福利项目,对当地被强拆的农民实行就业补偿,让他们继续在原本属于他们的土地上生活工作。明天下班前我向董事会递交申诉,请专业的国际投资团队计算我们未来的投资赢利率。后天,正常参加竞标。我最后一次征求在座各位的意见,你们是否愿意和我在一起?我想提醒各位的是,虽然我们现在已经被保护,但我真的不知道你们和我在一起会不会有危险。所以,如果有谁不愿意,可以立刻退出,我非常理解。"

李颦施说:"我跟你。"

李凡和朱颜同说:"我们也都参加。"

梁凯向我点了点头。

一瞬间,我的眼睛有点儿湿润,正要表态,梁凯的手机响了。他接通电话,说了几句对方就挂断了。"是牟立新!"梁凯边说边拨回去,关机了。

"他说他抓到了害你的人,还拿到了录音和证据。他要我随时等他电话,他会尽快送来。"

四、退标

当我在公司众人和两个便衣警察的簇拥下走进十谋县政府会议大厅时,有一瞬间,全场都沉寂下来,接着又发出一阵嗡嗡声,许多人交头接耳。看来,我的失踪已经成为这次竞标的头条新闻。

申裕正和几个人握手寒暄,听到喧哗,向我转过头。"徐总,欢迎你。"他向我伸出手。

"谢谢。"我和他握手的同时，死死盯住他的眼睛。他移开目光不和我对视，一丝只有我们两人才能体会的不安气息在空气中荡漾开。

这一次虽然新增加了三家竞标公司，省市又各派了监察组，专家评审团也增加了人数，但大厅里的人比上次竟然明显减少，可见当时申裕为了营造现场气氛放进了多少他的下属。我按照指示牌坐到指定席位上。左侧，艾尔·琼森没再展现他的绅士风度，他蹙眉沉思，不知在想些什么。阚天来也无精打采。右侧，日本 Jul 公司的座位仍然空着，另三家新加入公司的位置已经坐满。时近九点，伊藤由美才带着众人鱼贯而入，她仍是坐姿笔直，面无表情。可是，我从她没有表情的面容背后似乎读到了和阚天来一样的东西。

申裕做了开场讲话，虽非上次的长篇大论，却也面面俱到。申裕讲完，市委领导又做了简短讲话，然后竞标正式开始，各公司代表上前抽签。力盛高科排第一，Jul 公司第二，我抽第三，绿能广美第四，美国 GBD 公司第五，美国 SUN 集团第六，上海宝基第七。因为有七家公司，为了保证陈述时间，演讲安排上午三场，下午四场。

新加入的三家公司，力盛高科和绿能广美，都是像我们集团一样实力雄厚且具有独立知识产权的上市公司。美国 SUN 集团也是一家大型集团公司，这次竞标是他们在中国投资的第一次尝试。

力盛高科的竞讲人上场，竞标正式开始。力盛高科在净能源技术方面独树一帜，他们以独立环保社区为主题，设计了一个自循环的高档社区，竞讲人重点强调了力盛的技术不光可以保持原地貌的自然状态，更可持续改善地块周围的自然状态，他们的种子体系是指从一株良好的种子开始,培养、修护、成长、分根,逐渐扩大影响整个地区。虽然牺牲了容积率,但任何方案都不可能尽善尽美,只在于合作者和竞标者的需求是否能趋于一致。

我仔细倾听,这才是真正的竞争,每个公司都目的明确,追求合理利润,说服合作对象。每一家都能开阔眼界,无论胜败,都有收获。我身边的梁凯忽然拿出电话,我心中一动,向他望去。梁凯果然把手机递给我:"是找你的。"

我有些奇怪,接过电话,对方是个男声:"你好徐总,知道你在会场,说话不方便,不过你不用说话,只要听就可以了。许乐陶在我这里,你先和她说两句吧。"

一瞬间,我全身像被电击一样动弹不得。我听到熟悉的让我如坠冰窖的哭喊声:"徐曦朗!徐曦朗是你吗?你来救我呀!他们打我,拿刀割我,我要死啦……"

"喂!听到了吧?"许乐陶的哭声仍在男人声音的背景里。

"你别伤害她,你说条件!"

"条件很简单,退出竞标。"

我迟疑一下:"朋友,你把她送回来,你开个价,我肯定比雇你的人给得多。"

我抽出笔在梁凯手上写:立刻报警,许乐陶被劫持,对方让我退出竞标。

梁凯用嘴形对我说:录音。

我偷偷按下录音键。

"徐曦朗,听好了,退出竞标,不然我立刻剁掉她一只手!"

"好,我退标!我们第三场竞讲,上场我就宣布退标。你怎么能让我知道许乐陶是安全的?"

"你还想和我讲条件?你退标,我留她个全尸;你不退,我先把她折磨死再分尸。你觉得这个条件怎么样?"

"我给你钱！给你双倍！你别伤害她！"我知道此刻我应该冷静应该不动声色，让他觉得许乐陶没那么值钱才可以增加我讨价还价的余地，但我做不到。"别人给你多少我加倍给你，我保证和你合作。咱们无冤无仇，都是为别人干事，你为了这点儿破事儿杀人不值得！兄弟，我退标。只要她毫发无损，你说怎么送钱，我就怎么给你送。"

"好，你退标，准备五百万，还有，别报警！如果我们知道你报了警，你就等着收尸吧！"

"不报，我绝对不报！我马上就去准备钱！"

"呵呵，等电话吧。"对方干笑两声，挂了电话。

我全身不停颤抖，冷汗直冒。梁凯说："别急，已经报告专案组了。许乐陶是谁？我们真要退标吗？"

我摇头又点头，才想起他并不知道许乐陶是何许人。便衣递过电话，我和专案组大致说了许乐陶的情况。这时，台上的中年女士完成了竞讲，全场爆发出热烈的掌声，各评委紧张地计算着分数。此次评分，不只公布大分，还公布每个评委的小分，可谓细上加细，但我现在哪有心情看分！我如坐针毡。十几分钟后，评委们打分完毕，Jul 公司的竞讲人上场。我提醒自己，镇定，镇定，却根本无法镇定。我的目光在艾尔·琼森和申裕的脸上打转，我不知道此刻自己是不是目露凶光，杀机毕现。

梁凯低声对我说："徐总，放松点儿，他们的目的就是想让咱们退标，伤害许乐陶没有意义。"

可我心里却翻来覆去想着许乐陶的话，"他们打我，拿刀割我，我要死啦"。我怕她落到变态者手里……她的每一声叫喊都像刀子割在我心上。

恍然间，Jul 公司竞讲人喋喋不休的声音传到我耳中。我惊讶地发现，他们的方案竟然无甚变化，即使我心乱如麻也听出来了。他们没有费心改变最初抄袭我们的蓝本，看来他们真是联标，内部也应该有矛盾，不然不至于连个新方案都懒得准备。

时间一分一秒地过去，竞讲人终于走下讲台。评委打分，各项大分小分出现在显示屏上。该我们上场了，身边所有的人都在看我。我无力地摇摇头，站起身，走上讲台。

我在麦克风后站定，全场目光齐聚在我身上。我说："各位领导，各位来宾，很抱歉，由于集团的特殊原因，我们不能参加此次竞标，我宣布，退标。"

我来到专案组驻地。从我宣布退标到现在已经过了四十六分钟，劫匪仍然没和我联系。警察不断安慰我，说我的那段话应该起了作用，劫匪本来只负责劫人逼我退标，达到目的之后一般不会杀人，而我又许了那么多钱，他们要商量如何接钱、如何逃跑，这远比他们劫人难得多，他们得商量出结果才会和我联系。刑警还警告我，劫匪如果再来电话，一定不能像刚才那样流露出我的急切和软弱，要让劫匪对钱的预期更强烈，才能增加我谈判的筹码。

我何尝不懂这些道理，以前看有类似情节的电视剧，我总是想那些父母怎么那么蠢，现在我才明白，理智源于情感的浅淡，不在乎自然会冷静。可是许乐陶，我已经把她当成我最亲近的人，现在她落到那些人手里，我怎么可能理智！我心烦意乱，过一会儿就看一眼手表。突然，我脑海中灵光一现，蹦起来对专案组长说："和卡夏谈谈！"

组长摇摇头说："就算卡夏和那群劫匪有联系，她也不可能承认，偷资料和害人性命，哪个罪大她分不清吗？再说，那人心理有问题，到案后一直没开过口。"

"让况思含和她谈，还是有可能的！"

专案组长沉吟片刻，对一个民警说："让况思含接电话。"

几分钟后，民警把电话递给我。

"喂？"苏晓沐的声音从电话里传来。

"是我。"

"你？你在哪里？你现在好吗？他们放你了吗？"

"我很好。听我说，许乐陶，就是崇大的那个女孩儿被劫了，劫匪逼我退标，让我准备五百万，现在标已经退了，劫匪还没和我联系。我和卡夏的事一直没和你讲，她曾经在我们公司工作过，是她偷了我们的竞标材料卖给其他人，而且，很可能是她策划了谋杀我的方案，利用我想找你的机会把我骗到仙霞湖。卡夏很有可能知道劫匪的底细，你能和她谈谈吗？只要她帮我救出许乐陶，她害我的事我可以不再追究……"

"你在说什么呀！你有什么证据说这些话？她为什么要害你？"

"我没骗你，要不是许乐陶被劫，我永远都不想让你知道她做的事！她已经承认偷资料了，你还不明白调查组为什么扣留你吗？你账户的那笔钱就是赃款！你帮帮我，和她谈谈，救人要紧！"

"你，早就知道了？"苏晓沐忽然语气冰冷。

"知道什么！我什么都不知道！我去派出所去崇艺找过你，被告知查无此人！她来公司工作的时候我知道她是崇艺的，就说了你的特征，问她有没有这个人。她说可能是况老师，说你早就出国了，让我上网查你的资料！我没调查过你的隐私！拜托你了，人命关天，只要她答应救人，什么都好商量！"

五、价值观

卡夏安静地走进屋子,在看到苏晓沐的一瞬间,她暗淡的眼睛突然像火焰一样烧灼起来。她的目光像有温度的水一样流过苏晓沐的头顶、脸颊、额角,最终停留在伤疤上。

"怎么伤的?"她轻轻问。一瞬间,那些被强行抛弃的回忆瞬间汇成河流,喧嚣,横亘,绵延不断,把况思含沉重无比地砌立于地。

分别三年,她们终于面对面站在一起。

"坐下吧。"警卫指了指椅子。

两人隔桌而坐,手铐叮当响,卡夏两手指尖交叉放在桌上。况思含强忍悲伤,低下头抽出纸巾。卡夏温和地看着她,静静等待。

"我账户里的钱,是哪儿来的?"况思含问。

卡夏迟疑一下。

"我们之间还有什么不能说的?"

"你既然能来,肯定有人已经告诉你原因了。"

"那就是真的了。"况思含一声叹息。

"真的假的,又能怎样?"

况思含的眼泪涌出来。卡夏注视着况思含无声的哭泣。待她擦干眼泪,卡夏说:"警察让你问我什么?"

"徐曦朗有个朋友,叫许乐陶,被劫持了。"

卡夏微微一怔,说:"我不明白这和我有什么关系。"

况思含紧紧盯着卡夏的眼睛,心却慢慢地无法阻挡地冷下去,沉下去。她太熟悉这种眼神了,重重黑幕,透不出一丝背后的光。她想起三年前,在她的床上卡夏和日本女孩儿用日语激烈争吵,并不是事情本身的可怖,而是那一刻她震惊于最爱的人竟然如此陌生。现在,这种感觉再一次回来,她从来就不曾认识面前的这个人。

突然,况思含醒悟过来,卡夏目光里的那一点东西,是惊讶。她应该以为自己是为徐曦朗而来,是为了问她许乐陶的下落。那么,徐曦朗说的一切都是真的。

况思含无法说清此刻的痛苦,曾经的过往面目可憎地纠缠到现在,愤怒与怜悯交织。她深吸一口气,抑制住自己的情绪:"如果你能提供救她的线索,徐曦朗可以提供对你有利的证据,法庭也许会从轻判决。"

"说到底,你还是为那个男人而来。"

又是一阵沉默。况思含说:"这么多年,我做过一次伤害你的事吗?"

"没有。我相信你的初衷是为我好的。但是,你太天真了。你知道那女孩儿和徐曦朗是什么关系吗?"

"我知道。"

"你什么时候变得这么大度了?"卡夏抿住嘴角,露出讥讽的表情。

"你应该知道为什么。徐曦朗已经安全了,你帮她,帮那女生,不也是帮你自己吗?就算不帮她,那女生也是无辜的。"

卡夏突然问:"你怎么受伤了?怎么会这么严重?"

"出了车祸。"

"什么时候?"

况思含沉吟不答。

"不会就是你接他的那天吧?"卡夏紧盯着况思含的脸,忽然摇摇头,又咧嘴一笑,像是难以置信。"你后来为什么一直不

第七章 反戈之变

找他？是因为我吗？"

况思含沉默不语。

"你不想说就算了。"

"我出了车祸，在医院躺了两个多月，谁都不想见。因为徐曦朗失踪，警察找了所有和他有关系的人，也找到了我。我这才知道，这段时间发生了这么多事，你竟然……能到他身边工作。我今天来，是为许乐陶，更是为你。我已经找了一个非常好的律师，如果你还信任我，我可以帮你和徐曦朗达成协议，为你争取到最好的结果。"

"我们以前那些快乐的日子，你全都忘了，是吗？"

风声忽起，把会见室硬邦邦的窗帘卷起沉沉一角，阳光在地上打了个大弯。况思含一字一句地说："我希望你能戴罪立功，把握住这次机会。律师我已经带来了。"

两人对视片刻，卡夏的目光逐渐黯淡下去，忽然，她冷笑一声："告诉徐曦朗，我不需要他帮忙，偷资料那点儿罪名，我担得起。姓徐的有本事，最好把我搞死在这里。"

卡夏起身欲走，门口的警察推门进来，况思含叫了声："佳佳！"

卡夏停住脚步。

"佳佳，听我一次劝，救救许乐陶。如果你现在回头，还来得及。"

卡夏凄然一笑："你说，还有什么来得及？"

她摇摇头，毫不犹豫地走了出去。

专案组长放下电话，冲我摇摇头："没成功。"

声音冻结，一腔仇恨在心中翻滚。"卡夏！如果许乐陶有一点儿闪失，我要用我能想出的最残酷的方式折磨死你！"

两个小时过去了,每一分每一秒都像利刃割在我心上。我不敢去想许乐陶现在的处境,我对组长说:"你们得想办法,我们不能坐等啊……"

李犟施过来握着我的手说:"徐总,你平静一下,不能急,再等等,他们没理由杀人,真的,她肯定不会有事的。"

刑警们都不做声,满屋安静,只有监测仪器低低的电流声和我粗重的呼吸声。

梁凯的电话突然刺耳地响起来,我条件反射一样蹿了过去,一把抢过电话。旁边一个刑警抓住我的手说:"等等。"

手机响了几声,他才示意我接通电话。

"喂,我是徐曦朗。"

"你?真的是你?"

"牟立新?"

"是我,你没死?"

我突然抓住了救命稻草。"我差点儿被害死,现在安全了,但是我女朋友今天早晨被绑架了。她叫许乐陶,才十八岁,是崇大大一的学生。你说有人在你那儿,你问他知不知道谁绑了许乐陶。这里还有我和绑匪的录音,我给你传过去,你让他听听!你现在记下我的邮箱和密码,我把录音放进去!"

"好,你立刻把文件传过来,我一会儿打给你。"

我挂掉电话,发现众人全都看着我。我对专案组长说:"牟立新抓到了害我的人,而且有证据,你们先别抓他,也许他真能找到许乐陶。"

我祈求地看着组长,但从他的眼神中,看到的却是否定的答案。

"牟立新一直在逃,他如果不是为了帮我,至少今天你们抓不到他!我求你们先救许乐陶!你们想想,要是你们自己的孩子

第七章 反戈之变 | 161

在劫匪手里,每一分钟都可能被砍掉手脚被强奸,你们谁还能那么淡定?牟立新是被逼伤人的!你们谁都清楚强拆是他妈的怎么回事!他有什么罪?他是在帮我,你们抓他不在这一时,求你们先救人吧!"

"先传文件。"组长说,返身进了另一个房间。我怀疑他在调兵遣将。权力在他手里,我只能听天由命。

六、血 战

牟立新推开屋门,来到陈伟良面前。"我们做个交易,换你老婆孩子的命,当然,如果做得好,还有你自己的命。"

"我知道的都告诉你们了,我还能做什么?"

"徐曦朗的女朋友,叫许乐陶,你知道这个人吗?"

陈伟良迟疑一下,点点头。

"我没耐心看你点头!"

"当时我们打印出徐曦朗的通话记录,每个号码都研究过,小毛就是这么找到的。许乐陶的电话是实名,一查就查到了。我们把徐曦朗的通话记录和我们查到的人,都标注了详细信息,传给和我通话的那个女人的邮箱里。小毛是那个女的让我查,我才查的。许乐陶也是那女的让我们留意的,说徐曦朗一定和那女孩儿关系非同一般。她怎么了?"

"被绑了。"牟立新拿出手机放录音,"听。"

陈伟良仔细听了几遍,说:"我知道是谁绑的,不过不能确定他们把人绑哪儿去了。"

"你如果能帮我救出许乐陶,我就放了你老婆孩子。如果许乐陶伤了或是死了,你老婆孩子全得死。如果你耍花招,看看是我骨头硬,还是你老婆孩子的命硬。"

"我帮你,我帮你,如果救不出来,我死,留我老婆孩子的命,行吗?"

"你还是想想该怎么救吧。"

牟立新转身出门,穿过院子来到另一间屋子,对常海和尤小龙说:"大哥二哥,你们现在立刻去找四叔,记住,出门立刻把电话卡扔掉,再也不要和我联系。过几天,把他老婆孩子放了,她们是无辜的。"

"放心吧。你要一个人去?"尤小龙问。

"和陈伟良一起去。徐曦朗对我们全家全村都有恩,这恩我得报。但你们不能跟着我,徐曦朗肯定报警了,我估计警察已经监听到我俩的通话,所以你们现在立刻走。这些钱你们想办法给我家送去,那些录音证据,你们一定要收好,交到徐曦朗手里。"

常海说:"二弟,你去找四叔,我陪三弟去。"

"不用,他老婆孩子在咱手里,就算我出事,只要你们不被抓,他也会有顾忌。"

电话再一次响起。牟立新说:"已经知道是谁劫的,但现在还不能确定位置,你身边如果有警察,就让他们接电话吧。"

我心里"咯噔"一下,转身看着组长,组长立即接过电话。

牟立新和组长说了很长时间,放下电话,组长对监听的民警说:"立刻寻找那两个号码的频段,确定位置!"

宋久福的电话突然响起,他拿过来一看,是陈伟良。他想了想,还是接通电话。陈伟良懒洋洋的声音从那边传来:"喂,小宋,你早晨找我了?"

"大哥,家里有点儿活儿,想借几个兄弟帮忙,打你电话你没在，把何二、李胜、龙皮他们哥儿仨找来了。"

"听老三说了，什么活儿，人手够吗？"

"够，够，不是在乡下给我爸买块地盖房嘛，今天拉木料石料，让他们仨帮着照看一下。"

"孝子啊。"

"还是大哥关照小弟。"

"孝顺是应该的，不过公司有公司的规矩，有些管理条例还是你定的。工作时间搞家里的事，你也不事先讲一下，就算他们仨想把你当老子孝敬，他们的工资还是在老三这儿开吧？"

"大哥，对不起，都是我的错，下次一定等大哥点头再做。"

"小宋，你是聪明人，你叫我声大哥，大哥就得提醒你，虽说背靠大树好乘凉，但是树大也招风嘛。苦钱还得靠兄弟们，这么大产业，三五个人成不得事，你说呢？"

"大哥说得对，原谅小弟考虑不周，过两天我找个好场子给大哥赔罪。"

"行啊，那就下不为例喽！对了，你让何二把车给我送过来，我要用车。"

"好，大哥，你在哪儿？我立刻让他给你送去。"

"让他给我送到汇新路口。"

宋久福挂掉电话，脸沉下来。龙皮说："大哥，陈伟良是故意搅局吧？"

"搅个屁！咱的规矩你忘了，谁做谁知底，上面不会告诉他！"

"不过，他早就想给我们穿小鞋了。"李胜说。

"那我还要给他送车吗？"何二问。

"送个屁！让他等着吧！把你们手机全调成无法接通。"

"他白等不得恨死咱？"

"先想眼前吧。"宋久福说。

"要是做成这一单,咱就不用再看他脸色了。大哥,你能不能借陈伟良给你打电话的名义向上面探探口风?"李胜说。

宋久福摇摇头:"咱如果真想要这笔钱,就不能因为这点儿小事引起上面怀疑,上面让咱等电话,咱就得等电话。得想其他办法,既把钱拿到,又完成任务。何二,你有什么主意?"

"大哥,不好办,上面没让我们劫钱,又告诉我们不要伤人,就是想逼徐曦朗退标,退完把人放了,只要人没事,就算是立了案,也不是什么大案。但如果咱想要钱,只要是拿到了,上面都会知道,案就没那么好结了。所以大哥你得想清楚,如果咱拿了钱,上面会不会对你下手,而且真要是拿了钱,再想跟上面干下去,恐怕不太可能了。你得衡量一下,这些钱值不值得你出手。"

"大哥,干吧!干成了你拿二百万,我们各拿一百万,你们说行不行?"龙皮急道。

"这么多年提着脑袋打打杀杀,比这危险的时候多了,也没挣到什么钱,拿一百万,我干。"李胜说。

宋久福沉吟不语。给沈春雷当狗这么久,别说二百万,连二十万都没挣到。自己也是刻苦攻读考出来的警察,业务优秀头脑聪明,要不是为了钱,干吗带着一群流氓干这种下三滥的勾当?每次分得三两万,连沈春雷的剩汤都算不上。沈春雷豪宅十几处,小老婆七八个,还不算他在外面玩的姑娘。自己给老爹盖房东拼西凑,还从老三那儿借了五万块,连个流氓头子都不如!就算熬个十几年熬到伍利那么大的产业,还不是说干掉就被干掉,伍利的下场就在眼前摆着。人家好歹也是一镇之长,自己到他的势力,远着呢!

对方的条件的确让他动了心。五百万,他连价都不还,宋久

第七章 反戈之变

福突然明白劫人是多赚钱的一件事。沈春雷现在还不知道他要钱的事。自己一直做刑警，对这种案子太熟悉了，对被害人的心理更了解，就算徐曦朗报案，自己也有把握能拿到钱。至于沈春雷，可以先下手为强，拿录音威胁他。沈春雷也是通过自己和陈伟良这些人管理打手，如果没有这些人给他卖命，他算个屁！自己年轻上路晚，沈春雷身边的几个红人一直压在头顶。而陈伟良对沈春雷早就不满了，他是伍利的人，接管了伍利的全部势力，但沈春雷总防着他。要是自己能和陈伟良联合起来，看沈春雷敢动自己！因此，陈伟良还是不能得罪。这么做，成了就三级跳，要是不成呢？

宋久福皱着眉头思来想去。此时，牟立新已经带陈伟良上了黑色捷达车，向南郊疾驰。两人商议，因为他们离得近，肯定比警方的行动组先到，他们准备先确定地点，见机行事，迅速解救人质，还得让牟立新有逃跑的时间。

陈伟良告诉牟立新，车是青绿色路虎，让牟立新记住车牌号，又说了那几个人的特征。"你尤其要注意何二，当初我们抓你的时候，他和你照过面。"

"你是说被我泼油的那个瘦子？"

"不是，是抓住你衣服那个。那小子长得文质彬彬的，说话很有礼貌，特别有欺骗性，所以我们行动都爱带着他。伍利出事后他又靠上宋久福。你俩如果见面，头一眼他可能认不出你，要是说了话就不能保证了。"

半小时后，捷达车缓缓停下。此处有几个院落，不能确定是哪一家。陈伟良再打宋久福的电话，占线，何二的电话也无法接通，看来对方是不想再接自己的电话。牟立新从包里掏出陈伟良的手枪递给他："保证我和人质安全，该开枪时别犹豫，咱人少，得下死手。"

陈伟良接过枪,心突突直跳。这些年他一直坚持练习打靶,可要说实战,还从未有过。八发子弹,四个人。陈伟良知道自己已经没有退路,想着可爱的女儿和老婆,他把心一横,杀机立盛。

许乐陶被绑在椅子上,眼睛蒙着。到目前为止,她只挨了几巴掌。她知道他们要逼迫亿励集团退出竞标,所以刚才的叫声格外凄厉。效果似乎很好,她哭完叫完,被人拎进来绑上,直到现在也没人答理她。那四个人一直在屋外商量什么,商量了很久仿佛也没有头绪,刚才她又听到电话响,有人推门的声音,估计是看了自己一眼又出去了。接着,又有了密集的谈话,许乐陶听不清他们说什么,只能判断他们在争论。

隔了很久,谈话渐止。门突然被推开,有人进来给她松绑,许乐陶活动活动手腕,那人说:"站起来。"

许乐陶听出是骗她出来的男子的声音,她哀求说:"你们别杀我……"

男子说:"我们只要达到目的就不会杀你。看徐曦朗的表现了。"

男子仍是彬彬有礼,动作也不粗暴,是很给人好感的那种人,不然,早晨的时候许乐陶也不会轻易相信他是徐曦朗派来接她的,连想都没想就跟着男子上了车。

男子重新绑住她的手,这次绑在了前面,然后拉着她胳膊说:"慢点儿,跟我走。"

许乐陶用脚尖试探着下楼,走出大门,阳光从蒙眼布的空隙钻了进来。

"站着。"

许乐陶停住脚步。

发动机的声音,看来,他们是要带自己去另一个地方。

许乐陶说:"你们要带我去哪儿?"

"别说话!"男子低声喝道。

牟立新和陈伟良贴墙而行,看到一个院子的大门口砌了汽车进入的缓坡,正要扒墙看,听到里面传来脚步声。两人一对眼神,来到院子的大门旁,陈伟良指指大门,示意牟立新过去看看,自己则藏在几米外的一株大榕树后。里面传来汽车发动的声音,牟立新走到大门前,突然听到女孩儿的说话声,是普通话。他立刻掏出麻醉枪对陈伟良招手示意,突然想到如果这些人上车就麻烦了,情急之下抬手用力拍门。里面的人包括许乐陶都大吃一惊,何二一晃头,示意李胜到门口看看,自己急拉许乐陶上车。许乐陶看不到路,一个踉跄,"妈呀"一声故意摔倒在地。何二上前一把掐住许乐陶的脖子低声说:"再敢出声立刻掐死你!"

许乐陶被掐得涨红了脸,说不出话,何二拖着她把她塞进车里。

门外,陈伟良掏出枪打开保险,几步上前躲在门垛旁。

"谁呀?"门里有人说话。

陈伟良听出了李胜的声音,冲牟立新点头。牟立新用当地土话说:"格是叫拉不听忙尼咕噜跟头!药包到了巴拉根不领!开门待!"

"什么?你敲错门啦!"李胜不是本地人,听不懂当地土话。

"开门待!"牟立新继续大力敲门。

李胜不耐烦,把门闩拉开推门看,牟立新抬手一枪,李胜应声软倒。宋久福反应极快,立即掏枪喊道:"冲出去!"

牟立新知道他们要冲出来,急切之下去搬门石,却难以撼动。

"躲开!"陈伟良喊道,他举枪瞄准。车撞开大门压过李胜的身体,陈伟良一枪打向驾驶员龙皮,随着玻璃粉碎,又连续向轮胎射击。一只车胎突然爆裂,车尾撞在门石上又原地打转靠墙倾斜。陈伟良怕伤到许乐陶,不敢向车内射击,他迅速藏身在一棵树后,对牟立新叫道:"藏起来!"

牟立新却直冲上去,透过破碎的车窗向龙皮、何二射击,却打在许乐陶身上。他扔掉射空的麻醉枪,抽出西瓜刀,一刀捅到已经中枪的龙皮肩膀上,在龙皮的惨叫声中抽出刀守住一边的车门。宋久福在副驾驶座,被挤在靠墙的一面打不开车门,他慌乱地向牟立新开枪,却打到车窗框上。牟立新弯腰后退,绕到玻璃未碎的后门。陈伟良在树后喊道:"小宋,警察立刻就到,你赶紧跑吧,我放你一条活路,把许乐陶留下!"

龙皮的左胳膊中枪又中刀,血流汩汩。宋久福一边往外推他一边喊:"快踢门冲出去,我被卡住了!"

龙皮忍着剧痛抬脚踢开门,宋久福使劲儿一推,龙皮向车下栽去,身体撞在地上,脑袋一歪昏了过去。

何二掏出枪抓着许乐陶挡在自己前面,并不听宋久福的指挥。陈伟良假意喊道:"别让他们出来,警察立刻就到!宋久福、何二,你们现在放了许乐陶,跑还来得及!你们跑对我只有好处,你们应该明白!"

宋久福打开保险,咬牙说:"咱们死对他更有好处!他想杀人灭口!先干掉他!何二,你往外靠!"

他想爬到后面的座位上。牟立新躲在车后,听到车内说话,猫腰绕到何二与许乐陶所在的左后车门,扔掉西瓜刀,猛地拉开车门一把抓住许乐陶的腿向外拽。何二急忙去拉,牟立新突然扑上去抱住许乐陶,全然不顾自己安危,把许乐陶扯到车下,返身

第七章 反戈之变

用后背挡住许乐陶。何二抬手一枪,牟立新只觉一股大力,不由自主向前扑倒在许乐陶身上。陈伟良抓住机会向车上连射两枪击中何二,何二向后摔去。宋久福此时已经推开右侧车门,从车后一边向陈伟良开枪一边向右侧疾跑。陈伟良躲在树后向宋久福还击,没打中。他只剩一发子弹,不敢再用,眼睁睁地看着宋久福跑进巷子。

牟立新想起身,却眼冒金星浑身绵软无力。他忍着剧痛咬牙向右蹭,抓住了地上的西瓜刀。他想起那个夜晚,家轰然坍塌,重重踢在他肋骨上的鞋,砸在他身上脸上的棍棒,还有白发苍苍的母亲和瘦骨嶙峋的父亲的哀嚎……

陈伟良冲到车旁,举枪对准何二和龙皮,倚着车门对牟立新喊:"我孩子在哪儿?快说在哪儿?"

牟立新面对天空,他想移动目光,却睁不开眼睛。

七、胜者为王

美国 SUN 集团凭借增加公益与福利设施,严格执行管理标准,以及对当地被强拆、占地的农民实行就业补偿等方案,终于以微弱优势战胜了美国 GBD 公司,竞得了土地。

在雷鸣般的掌声中,SUN 集团代表,我高大的胖师兄李思齐乐呵呵地向我走来,我们拥抱在一起。作为 SUN 集团的境内合作伙伴莫瑞公司的执行董事,这块土地终于被我纳入囊中。

几名刑警分别走向申裕和艾尔·琼森。陈伟良已经向专案组告发,在县公安局局长沈春雷的授意下,他和其他警务人员勾结黑社会,逼死伍利,谋杀我,绑架许乐陶。申裕作为直属领导,要立即接受调查;艾尔·琼森也要接受关于亿劢集团竞标书剽窃案的调查。

我冷冷地看着他们离开,和申裕再一次四目相对时,他仍是毫无表情,我却没有掩饰目光中的恨意。

晚上,我来到许乐陶的病房。护士告诉我,她醒过,现在又睡了。

我坐在她身边,看她躺在雪白的被子里,眉头蹙着。我关上灯,在她床前守着,月光透过窗外的树叶细碎地跳动在被子上。我趴在床边昏昏欲睡,突然,被她呜噜呜噜的梦呓惊醒。我直起身想听清她喊什么,她腾地一下坐起来大声惊叫!

她的叫声撕心裂肺,我急忙安慰:"是我!是我!别怕!"

我跑过去开灯。许乐陶呆了几秒钟,扑在我怀里。"老公是你吗?是你吗?抱着我,要一直抱着不许放手,不许离开我。我要死啦!"许乐陶号啕大哭。

我不停地抚摸她的头发、脸庞和后背,许乐陶哭了很久,最后蜷在我怀里慢慢睡去。我懂得那些伤害,许乐陶和我一样,从此以后,再也不会有安睡,突然惊醒心有余悸的毛病不知会持续多少年,也许是一生。

牟立新在楼上的 ICU,经过一日一夜的急救,终于脱离生命危险,却仍在昏迷中。

三天后,陈伟良的老婆孩子在郊区被找到。梁凯也接到快递,是陈伟良留下的录音证据。那个女声,就是卡夏,还有陈伟良和沈春雷的录音。专案组正式拘捕了县公安局局长沈春雷。沈春雷招认,他的所作所为全是申裕授意。卡夏却嘴硬得很,证据确凿还不承认录音里的人是她,还反咬一口,说我们栽赃陷害。

伍利的死因水落石出,牵出了十谋县涉黑大案。其中,沈春雷、伍利拉拢警员，豢养打手，形成黑社会性质的组织。他们在十谋县境内开设高档色情场所，许多省市领导都是其座上宾。伍利后来居上，引起沈春雷的嫉妒。伍利被捕后，沈春雷胁迫伍利的左右手陈伟良逼伍利自杀，把伍利麾下的大部分打手都招募过去，准备等风头过后，将伍利的地盘收归己有。

申裕表面上与这一切无关。伍利已死，虽有陈伟良的部分录音，许多事还是死无对证。但可以推测的是，和新村竞标初期，为避免多生枝节，申裕授意伍利尽快把征地问题解决。强拆是伍利的惯用手段，在和新村之前他已多次采用。他以为一切尽在掌握，却没想到牟立新大闹县政府，又请了几家大报，破坏了他的如意算盘。

而在竞标方面，我所在的亿劢集团因为于季芬局长的直接引资从市政府参与进来，无意中打破了申裕早以设计好的竞标格局。日本公司与上海公司，肯定是GBD公司的联保公司，三家竞，一家拿，本可以保证GBD公司的胜算，但由于我们拿了任书记的条子，又具备相当雄厚的实力，让他们原本的竞标计划全部落空。

偷竞标材料，对我下毒手，这些，对于商场对手，无论对方多歹毒，我都不会太惊讶。我惊讶的仍旧是卡夏，她是怎么参与到其中的？GBD公司怎么就能那么准，找到和我有特殊关系的卡夏对我下手？根据专案组的调查，她是在我来云河一周后由一家国外公司跳槽到彭济元的中元广告公司的，难道一开始她对我的情况就了如指掌？专案组已经证实，苏晓沐的确未和卡夏见过面，对存在她存折里的那笔款项一无所知，况且就算是苏晓沐也不清楚我的具体业务，卡夏怎么会知道？

许乐陶没受外伤，她坚持不让我告诉她妈妈她被劫的事，在医院住了一周，征得了专案组同意，回学校上课去了。因为宋久福在逃，我不放心，便请了私人保镖暗中保护，准备等事情结束，带许乐陶一起去见肖瑾赔罪。

苏晓沐重获自由，我虽然还在被保护中，也相对自由了许多，征得专案组同意，我去见苏晓沐。

到了苏晓沐家的小区，她已经在大门口等我。我随她上楼进了客厅，暗红的丝绒窗帘在阳光下大敞四开，写字台上放着笔记本电脑，墙角立着木画架，墙上挂蛮熟悉的画作。

我立刻认出了这个地方，曾经的一切都是真实的。在云河真的有个叫苏晓沐的女人让我爱得刻骨铭心，我们曾经打过很多电话，我曾经在视频里看她工作，这一切都不是我的臆想。苏晓沐把茶具端过来，用茶刀和茶剪取出一块茶叶放在壶中，水开了，她把水一遍遍浇在茶壶之上，茶香氤氲。她的腿肯定是有后遗症了，走路一直带点儿瘸。下颌的疤痕太长，终归是不能消了。她因为接我摔下山崖，许乐陶因为我被劫持差点儿丢命，我对谁都歉疚。

此刻，我知道自己终究是要更亏欠许乐陶，因为只要看到眼前这个女人，不管从前发生过什么，我都心甘情愿无怨无悔。苏晓沐倒好茶，用一种她从来没有用过的方式注视我。不知道为什么，我甚至想流泪，想被她抱在怀里。这个女人，无论她变成什么样儿，我都那么爱她，那么愿意看她。我好像在用我的一生等待这个人。

"对不起，曦朗，我真的非常非常抱歉，你因为我来到云河，我没想到会发生这么多事，让你经受这么多危险。虽说你现在平安无事，但我还是一阵阵后怕，知道卡夏的事情之后，我没有一天睡好过，她那么做，我心里很难过。"

"你别这么说，这些和你一点儿关系都没有。要是没有这地，没有这些巨额利润,你以为谁会闲的没事儿来害我?"

苏晓沐难过地轻轻摇头:"我没对任何人说过你的情况,包括我最好的朋友,你信吗?"

"我信。"

"曦朗,本来我不想提从前的事,我觉得过去就是过去了,和现在,和我们的选择都无关。但事实证明,过去是会影响现在的。我想你已经猜到了,我和卡夏的关系。我想和你说说以前,了解我之后再做判断对你比较公平。"

八、尘封往事

七年前我大学毕业,分配到崇大油画系基础部,李蔚佳是我的学生。第一眼看到她,惊艳啊!后来发现她是女生,头一个反应是她这副样子不知道要迷倒多少小女生呢,却没往自己身上想。实际上,我对她的第一印象并不好。她身上缺乏温暖,而且自以为是,以自我为中心。那时候我也不大,对爱情挺向往的,理解得也简单,就是希望能找到一个心灵上可以交流的,很美好的人。我想的那种美好就是,我只要看到他就会开心快乐,只要和他在一起就会很满足,只要找到这么个人就好了。

刚刚参加工作的我,踌躇满志。我在大学时就已经得过一些奖,在专业上也有比较自负。我认为学生在进入大学之前已经被过多地强调应试绘画,过多地强迫美院的主流画法,这种训练使大多数学生迷失本性忘记自己的真正所爱,所以我提出一句口号:不要让你的画笔撒谎。我告诉学生再高的画法技法,最终目的都是为了反映现实,表达思想,探求真理。我让他们画真正想画,不要怕幼稚,不要怕怪诞。如果不想画,就扔掉画笔不要强画。

不久,我就挨了批。有些老师说我唱高调,没有教学经验凭想象热情去误导学生,这是对学生的不负责。教导处找我谈话,说就算有自己的见解,也得提出来开会通过,再修改这个科目的教学大纲。从小到大我一直是无忧无虑的,做教改也不是为了争什么抢什么,但有些人就是怕我争荣誉,看不惯。我和那些人立场不同,不想浪费时间去争对错,就主动结束了教改。

结束教改,很多学生都不同意。他们为了表达对学校的不满,自发做了一次画展,就叫"不要让你的画笔撒谎"。那次画展,李蔚佳横空出世,她的画带着一种诡丽,一种对现实肆无忌惮的蔑视,被许多同学和老师追捧。之前她已经很受瞩目了,美,特立独行,学习刻苦,被众多女生明追暗恋。她成了我理论的最好典范。于是,学校论战升级,公然分成两派,一派支持我,一派声讨我,连高年级的学生也加入了论战。正巧,那时我又有一幅画得了大奖,于是学生的自发画展都成了我的组织和预谋,成了我野心的标志。

不久传出更难听的话,说李蔚佳是同性恋,和我不清不白。当时我真是百口莫辩,因为我不是很喜欢她的性格,一学期下来,我们连话都没说过几句。这时,我才知道人言可畏。那段时间我心情特别不好,下决心远离学校是非,不让别人说一句闲话。我第一次考虑到找男朋友结婚这种问题,我想不清楚是从追求我的男生中选一个,还是自己满世界去找个满意的。那时我才发现人的意志有多奇特,需求有多繁复,每个人都有一套属于自己的美学体系,只有符合体系的人才能引起自己的兴趣。而我惊讶地发现,纵观所有我认识的人,李蔚佳内心所呈现出来的才华、还有她的形象,竟然是得分最高的一个。

所以,我一直以为人性是孤独的。每个人在孤独的认识自我、探究世界的过程中都在寻找那个能让自己不再孤单的人。从她的作品中，我能懂得她的孤独与希望，我们都被对方描绘的美好打动了。但懂你的人，不见得就是你美好的目的地，可惜许多人都忽略了这一点。

李蔚佳大二那年，崇原省和日本联合搞画展，有一项青年画家培养计划，李蔚佳是参选者之一，因为必须要指导她，我俩有更多单独在一起的时间。画画是缓慢、持续的过程，我目睹她才华的汹涌爆发，那些极度的精神快感让我们不知不觉相爱。我开始疯狂，不顾一切，在外面租了房子和她同居。

风言风语很快传遍学校，同事们在背后指指点点，还有女生和我争风吃醋。我妈在教育局，听到这些传言都快急死了。她和我爸两个人开始让我相亲，不允许我在外面住。

我把情况告诉李蔚佳，刚开始她还通情答理，但不久她性格里暴戾的一面就显示出来。她尤其憎恨我去相亲，每次去她都要大吵大闹，有一次甚至动了手。最终我还是原谅她了，我希望能和她好好相处下去，思来想去，只好对父母说实话。

我爸和她单独谈了次话，回来后对我说："且不说她是男是女，就说她的性格，太偏激了，你和她在一起不会幸福，就算她是男的，我也不会同意你和这样的人在一起。"

我听不下去，转身跑了。

和她在一起，什么都是快速的，暴躁的，虽然我也觉得不妥当，应该有更好的方式，可就是来不及。

青年画家培养计划她入选了，要去日本参加三个月的培训。本来是我带队，但我当时去悉尼参加一个画展，就由其他老师带队。一个多月，消息就从日本沸沸扬扬传回来，说她和一个日本女孩儿好上了，那女孩儿的父亲是一家大财团的董事，资助过许多画室和青年画家。

听到这个消息，我立刻给她打电话问她是不是真的。她矢口否认，说那女孩儿只是帮她介绍一个商业广告，并把她做的广告发过来给我看。一看到作品，我就知道她俩是真的。那里面有非常有功底的工笔画痕迹，和油画契合得很完美，还有对日本文化的深刻了解。李蔚佳从没接触过工笔画，不懂里面的精髓，如果不是相爱，谁会把自己的心血、灵感，那么充满激情地放到另一个人的心血之上？

我伤心欲绝，恨不得去死。我想等她回来立刻结束我俩的关系。可真见到她那一刻，我才发现，感情是没法驾驭的，我离不开她。我开始自欺欺人，既然她说没有，我就当没有。她倒是一如既往，像是所有的事都没发生过。慢慢地我想，她是爱我的，只不过因为我们成长环境不同，她有更强的野心需要有跳板而已。两个女人能相伴一生，我自己就不太相信。我就像吸毒一样，只顾眼前，管不了以后，只要她能好好在我身边，多一天都是好的。

大四时我问她对工作的打算，她说想进奥格威那样的4A广告公司。她告诉我不用操心，她自己找好了。

我还是通过朋友和一家专科院校打好招呼，给她留条后路。安排完这件事，蛮轻松的，我就参与学校组织的海南旅游了。她每天都给我打电话，嘘寒问暖。有一天通完电话，我很想她，自己都不知道怎么那么浪漫，一激动就定了机票，坐红眼飞机提前回来想给她个惊喜。

到家已经是后半夜两点多了，我摸着黑开门进屋，换鞋走过客厅突然被什么东西绊了一下。打开灯，地上是一件件衣服，外衣，内衣，一直延伸向卧室。

我推开卧室的门，打开灯，她和另一个女孩儿睡在我们的被子里。她俩被灯光惊醒，那女孩儿光着身子坐起来怒火冲天地用日语问她我是谁。你想象不到,当时我是什么心情。不是她和别人一起睡这件事,更让我震惊的,而是,她的日语有多流利。她操着一口流利的日语向那女孩儿解释,完全不顾及站在地上的我。你能想象吗?我们俩在一起生活那么久,我竟然没听她讲过一句日语!

那时我已经分了新房,我跑到新房里坐在水泥地上抱着腿发抖。我无法想象她竟然那么会伪装,世界狰狞得让我不寒而栗。我对一切都产生了怀疑,我想听她解释,忏悔。只要她说一句她错了,我都可以立刻原谅她,不管她做得有多错,只要她让我知道这个世界还有标准,感情还能容纳良心,我爱的人还懂得羞耻,我就能活下去,有信心面对这肮脏的世界。

我都快虚脱了,她才打来电话,说她只是利用那个女孩儿,根本不爱她。她说那女孩儿已经为她联系了几家日本企业,Dentsu、博报堂,工资是我想象不到的高。她要我一定原谅她,她会用一辈子来报答我。

太讽刺了,这就是我追求的最精神化、最纯洁的爱情。这就是我自认为圣洁的超越世间一切的爱情。

当时我只有一个念头,不活了。

我去买了安眠药,吞下一瓶,坐在地上等死,我在手机里给爸妈写遗书。这时我的好朋友,就是去日本的带队老师,在外面砸门。她看到屋里亮着灯,知道我在,邻居们听到声音都出来了。还好,李蔚佳给她打了电话让她来看我,还好,我怕丢我爸妈的脸,不然我可能真就死了。

后来好朋友送我去医院洗胃,我爸妈把我接回老家。从那天起我拒绝和李蔚佳有任何联系,我爸去学校给我办了离职手续,要我出国。我想爸妈岁数大了,离他们那么远,不好照应,就去了海南。我没有告诉任何人行踪,包括我最好的朋友。我下定决心，要把这段过去完全抹掉。

我妈妈姓苏，我给自己改名叫苏晓沐。本来是想到公安局更名的，不过一直没来得及。我用了将近三年的时间平复自己的心情。后来遇到你，我不想耽误你，就直接拒绝，那时候我也不可能告诉你真正的原因。再后来我觉得你人很好，而且我们也聊得来，我就开始想，如果能接受你，也许是皆大欢喜的结局。我回云河，看到父母老了，我心里特别难过。你说你要来云河，我想我们可以有一段相对比较长的时间判断能不能在一起。哪想到会出车祸。醒来后上网看到你的空间，我想这就是天意吧，本来我就是个模糊不清的人，不应该再去打扰你的幸福让你困扰了。我万万没想到，卡夏竟然还不放过你。我真的没和任何人说过你的情况，我不知道她是怎么知道我回来又怎么知道你的。总之这些都是因为我。曦朗，你是非常好的人，请你远离我。许乐陶很适合你，你好好对她吧。我们就做好朋友做知己，什么时候我都会祝福你，为你的幸福高兴。

"苏晓沐，你告诉我这一切。我很感谢你，不是因为你让我知道真相，而是因为你说得那个爱的目的地。我终于知道，我爱的人，她真的是像我想象的一样美好，她真的是值得我爱的。我没爱错。这就够了。我们就当一切都没发生过，就从你来机场接我开始。你说你带我吃遍云河美食，逛遍崇原美景，你说要带我回家，让我去见你的父母。这些事情，你都要带你去做。我爱你，我不能离开你。"

我说得斩钉截铁，握住了她的手。

这次她没有挣脱。

第八章 谁是凶手

一、两难抉择

人的忘性很大。很快,媒体都掉头转向更新鲜热辣的新闻。就是这么一个时代,哪怕再揪心的事,换取大家的叹息、眼泪、同情之后,都会迅速平息。富有同情心的人们,泪点会迅速转向下一个目标,飙泪就像吸毒,需要不断加量,添加更新鲜更生猛的刺激。

作为当事人和受害人,我也清静了,被完全排除在外。我懂,现在各方利益汇聚,表面的平静下,内里暗流涌动。最终谁成为最大的牺牲品,谁能抖抖毛无事一身轻,就看各人各家各关系的道行了。

大街上往来的人们,高声大气叫卖的小贩,街边小炒掌勺的大师傅,穿着校服点烟抽的少年,互相谩骂的夫妻……我和许乐陶坐在星巴克里，隔着玻璃窗，目睹这些一目了然的、鲜活的生活。

今天是周末，我接她出来，想和她谈苏晓沐的事。我已经想清楚，长痛不如短痛，这件事不能再拖下去。但真见了面，我又不知道怎么开口。许乐陶再也不是从前神采飞扬的样子，她很安静，眼神充满警惕。

我们并排坐在靠墙的位置上，对失去安全感的人来说，这样的位置无疑是最合适的。我们喝着咖啡，半天都没说话。许乐陶的目光四处游离。我打起精神开口道："嗯，我想和你商量件事，你想出国读书吗？"

"为什么？"

"换个环境。我已经咨询过你们学校，你可以以交换生的名义出去。或者你想自费读也可以，费用你不用担心，只要选你喜欢的学校就行了。"

"为什么？我怎么对我妈妈讲？"

"我对她讲。"

"你和我一起吗？"

"我肯定不能和你一起，我得工作。"

"那，你什么意思？把我一个人打发出去？"

"不是，我只是想让你远离这里，换个环境。"

"我不去。"许乐陶摇摇头。

"劫你的人还没抓到，我怕他再来劫你。"

"他劫我总得为点儿啥。你们那破地也竟完了，就算他想报仇也得先找他最恨的那个，肯定不是我。再说，你怎么和我妈讲？如果她知道我被劫，肯定立马把我接回北京天天拴裤腰带上。再说了，在这儿我有老师、同学和朋友，还能打110，你还肯花钱赎我，就算真出了事我妈收尸也方便。去国外两眼一抹黑,更没安全感。"

我低下头,摆弄手中的杯子。我还是无法告诉她实情。我一直在想怎样分手才能对她造成更小伤害,是对她说实话争取她的理解,还是不引入第三人,只在我俩之间完结。想来想去,我还是觉得,无论事实再怎么情有可原,因为另一个人而导致的分手,都要比两人之间的分手伤害大。

"老公。"

"呃?"

我扭过头,许乐陶抬起手捋了捋我的头发说:"你看你,可憔悴呢。过普通人的生活吧,人活不了太长,要那么多钱干吗?我有手有脚,不用你锦衣玉食养我。你要是真担心我,真对我好,你就陪着我。只要你愿意陪我,其他我什么都不要。"

我低下头不和她对视,字斟句酌地说:"恐怕……呃,我做到现在,付出的心血,你也许过几年才能理解。每个人的追求都是有差别的,有时候,这种差别很难调和。你想过吗?也许,我并不适合你。"

"你什么意思?"许乐陶侧过头盯着我。

"我是说,我觉得特别对不起你,给你造成这么大伤害。但要我放弃现在的事业,像你说的那样,平静地生活,我也做不到。所以我就想,该怎么办,我真怕再给你带来什么麻烦。如果再有一次,我真的得疯了。所以我想,最好的方式还是把你送出去,既给你换个更好的环境,我们也能冷处理我们的感情。"

"你说的是什么呀?你怎么了?"许乐陶扭过我的脸,直直地看着我的眼睛,表情充满困惑。

虽然我认为我爱的是苏晓沐,但此刻面对许乐陶,我根本无法衡量感情的深浅。我发现,在我以为失去苏晓沐的日子里,已经不知不觉爱上了许乐陶,不同的爱,却有同样令人疼痛的效果。我不想让她伤心,却不得不硬起心肠。

我再一次错过目光:"我是说我们应该冷静下来想想,这次的事情,我特别难过也特别后怕。你看,我既不能陪你,也不能保证以后不出同样的问题。所以,我想我们分开一段时间,冷静下来,各自想想……"

"把我远远扔一地方,让我孤独寂寞之后爱上别人,你就成功把我甩了是吗?"许乐陶忽然大声打断我的话,"我才听明白!徐曦朗,你这是要甩我呀!告诉你,我不分!凭什么?出这么大事我还没埋怨你呢,你倒先甩我了。你凭什么?!哦,现在你怕担责任了,当初你干吗去了?被劫不是我的错!你不想想以后怎么避免这种事,只想着怎么不要我,你是人不是?告诉你,你还必须得陪我,必须得管我了!我以后要真因为你出什么事儿,你就一辈子内疚去吧!你要再敢提和我分手,我死给你看!"

她忽然吻住我,众目睽睽之下,胳膊紧紧箍住我。几秒钟后我狼狈不堪地推开她看看周围,她若无其事地甩甩头发,带着胜利的表情。

如果没有那个女人,我该多喜欢她呀!

因为我想分手,许乐陶失去了安全感。她开始对我追踪控制。下课后,她会立刻给我打电话。我忙,她就要我说地点,她去等我。我实在无法忍受她的无理取闹,一次次挂断电话,气急了把她的号码拖进黑名单,隔一会儿怕她出事又拖出来。

闹了几天,许乐陶开始去马路上闯红灯。她低着头,优哉游哉地溜达,任由司机停车按喇叭跳下来骂她,完全置安全于不顾。暗中跟踪的保镖看不下去,跑上马路拖她出来。她对保镖喊:"告诉徐曦朗,他再不接我电话我就主动往车上撞!"

我只好给她打电话,告诉她我正在市政府开会,会后还要去应酬。她说:"我现在就去市政府等你,你不用和我说话,让我看你一眼就行。然后我再去饭店等你,多晚我都等,我知道你累,你应酬完了和我说五分钟话我就回学校。"

我毫无办法,只好让保镖看紧她。

从市政府出来,我一眼就看到许乐陶孤零零地站在大门口,保镖和她隔着几步。正是下班时间,广场对面的马路上车水马龙,行人从她身边匆匆走过。我让梁凯停车放我下来,去马路对面等我。我走到她身边,她看到我,立刻眉开眼笑,又扁起嘴,像是受了天大的委屈,泪珠在眼里转来转去。我的心软下来,温言对她说:"你先回学校,我应酬完去学校找你和你说会儿话,你也看到我有多忙了,你乖一点儿好不好?"

"老公,你别不要我,没你我什么意思都没有了。"

二、同盟

我真是忙得焦头烂额。不只是办各种手续,还要和我的老东家亿劢集团打官司。

亿劢集团的董事会已经忘记他们之前做出的退标决定,他们敦促我立刻和美国 SUN 集团签约,对地块进行合作开发,不然,就以经济间谍罪把我告上法庭。本来,让师兄帮忙是我当时被逼走投无路的一步险棋,现在却成了处心积虑的阴谋。当然,我也不可能把到口的肥肉拱手相让,这块地是我拿命争来的,何况是集团背弃我在先。我一边收集各种材料证据准备和集团反目成仇,一边加快速度和政府推进开发计划。

申裕已经被正式羁押,他和卡夏采取了一样的策略,不发一言。当初,陈伟良在沈春雷等人的威逼下,被迫出卖伍利,上交了伍利存在他手里的录音证据。可沈春雷一口咬定没有那些录音证据。申裕的能量逐渐显示出来，他可不同于伍利，据说他住的是单间，有书有报，还有省里领导亲自打电话关照他的生活。他的一双儿女都已在加拿大定居，估计财产早转移了，这样一来，如果想把申裕告倒，卡夏的证词就成为关键。

一些苗头显示，卡夏将成为最终的牺牲品。她先偷资料，再指使人谋杀我，证据确凿；至于她如何从原来的公司辞职应聘到彭济元的公司，如何得知彭济元的公司将和我合作，又如何参与到谋杀我的行动中，到底是受何人指使，已经有人不再想深究。一个小小职员，转眼成为江湖大佬，神一样调动官员、公安人员、国外竞标公司争相为她服务，牵涉众多的谋杀案最后竟要向情杀方向演变，不得不承认某些力量的神通广大。

我对卡夏恨之入骨，那人无疑是个疯子，我和她远日无冤近日无仇，她竟然想把我置于死地！她还早早把许乐陶当成一步棋子，即使她被拘留期间还有人去劫许乐陶，可见她当初是多么处心积虑！

但是，她是指控幕后操控者的关键，伍利已经是前车之鉴。夜长梦多，只要卡夏一天不开口，事态就有逆转的危险。

卡夏的静默让所有人都不得安生。专案组提审她时警告她，申裕、沈春雷和艾尔·琼森都已被拘，她招不招认对大局没影响，如果不招，反倒替别人背黑锅。卡夏的智商真是奇高，换个人早被唬住了，她却懂得自己的价值，事件的关窍。她知道在专案组手里自己才是安全的，只要她不招，主动权就握在她手里。

但是我有对付她的办法。我对专案组长说了我的想法，征得他同意后，我安排专人给卡夏放话。如果她想通了，让她找我谈，可能的话，我还会让她见见苏晓沐。

我要给她错觉，她已经落到了我手里。我知道她不怕死，但她怕在监狱里漫长的等待。她怕时光荏苒,她无法再见到苏晓沐,在她想象的我和苏晓沐愉悦的时光里,她只能度日如年地经受嫉妒与仇恨的长久啃噬。

现在,陈德强副县长已经成为我的忠实伙伴,如鱼得水地指挥着政府的三通一平工作。当然,我也忠实地履行了我的义务,积极地帮他歌功颂德。不管未来怎样,在这个项目上,陈德强是做了好事的,好歹站到了正义的一方。我和芬姐的友情经受住了考验,今后,我们都将是彼此最有力的保障,最信任的支撑。

莫瑞公司是我让爸爸在香港注册的,派来的工作人员都是爸爸和哥哥精心挑选的,梁凯、李颦施他们已经出局。我召集大家开了最后一次会,气氛尴尬。本来,我们是并肩战斗的兄弟,却转眼分崩离析。

会上,李凡提出,虽然集团决定退标,但从一开始竞标、规划、设计等,全都是利用集团的资源,包括最后美国 SUN 公司的标书,都是以集团的蓝本做出来的,都是他们几个人的心血,集团要求合作也有道理,如果不合作,这比当初的剽窃更恶劣。

我说,竞标里最主要的因素一个是实力,一个是人脉。到底哪个因素更重要,你们都是亲身经历的,请自己衡量。我是个热爱生活珍惜生命的人,却两度经历生死,而且在我最艰难最需要集团支持的时候遭到了集团的背弃。我只能说,如果集团一直支持我,现在肯定是合作状态。

倒是李颦施最豁达。她说,这本来就是个大游戏,争取过就好,别太看重结果。说什么都没用,徐总,现在你的牌大,你想怎么打就怎么打。

华灯初上,我和梁凯坐在宽大的办公室里。他站起身走过去拉上窗帘，我们很少这样单独面对。我说："我想知道你的态度，你也认为我应该合作吗？"

他说："关键就是，我不是你，我不可能换作是你。"

"你愿意来莫瑞吗？"

梁凯有些吃惊地看着我。

"你来，你就是莫瑞的副总。梁凯，你跟了我三年，我把你当兄弟。在我最危险的时候，你是我唯一信任的人。我习惯和你合作。"

梁凯说："让我想想，但愿集团不会把咱俩捆绑起诉。"

三、残酷的爱情

我正和芬姐吃饭，梁凯打来电话，说卡夏终于熬不住了，她向律师提出要见苏晓沐。我一愣，问哪来的律师。梁凯说，是苏晓沐为卡夏请的。

有一种尖锐的嫉妒扎进心里，在芬姐意味深长的目光中我匆匆告辞，驱车去苏晓沐家。一路上我心思烦乱，不明白苏晓沐为什么会这么做。不，是我清楚地感到了卡夏在她心中的位置，过去的感情在她心中的分量。

我站在楼下深吸几口气，才慢慢上楼。最近我一直没和她见面，一是因为太忙，二是因为许乐陶几乎每天都来公司纠缠我，我还搞不定和许乐陶的关系。没想到她却空闲了，有空给卡夏请律师。

我按下门铃，等了一会儿，门打开了，屋里明亮的灯光一下透到走廊上。苏晓沐上身披了一件绣着牡丹的薄棉搭衫，粉色细条绒裤，在暖白的灯光里，让我感到冬日盼望已久的温暖。她有些惊讶，也挺高兴，把我让进屋说："这么晚，你怎么来了？"

坐在她面前，我的怒火尽熄。无论是她自己，还是她身边的氛围，总是优雅与优美的。对于这样一个女人，我怎么可能要求她毫无恻隐之心？但是，如果我想要她是我的，就必须让她知道我的底线。

"卡夏的律师是你请的吗？"

苏晓沐的微笑瞬间僵硬了。"是的，怎么了？"

"我就是来问问，我刚刚才知道这件事。"

苏晓沐站起来，来回走了几步。我想她现在已经习惯这种微瘸的方式了。她说："那个律师，是上次你让我和她谈，去救许乐陶的时候找的，也是警察同意的，我想如果我不带一个专业律师，显示不了诚意。当然，现在我也希望律师真的能帮到她。"

"你是在担心我不兑现承诺害了她。我能理解你们有多年的感情，但是我不能理解你对我的不信任。虽然我们认识没有那么久，但我想，至少你应该对我这个人，对我的品行有个正确判断。你想过吗？我为了找你，在深夜里被她骗到仙霞湖打下船，在二百多平方公里的茫茫湖水里挣扎，要不是因为我记住了你的画，记住了所有和你相关的东西，我早死啦！我不是来指责你的，我只是没办法让自己不难过。我希望你能站在我这一边，不要再和你的从前纠缠不清。我不知道我这个要求是不是过分。"

苏晓沐慢慢摇头，她仿佛暴露于逆光之中，给了我惊鸿一瞥的注视。她再一次让我感觉，她只是偶然停留在这个复杂世界里的不速之客，不管我多么倾慕她，都不能以普通人性的标准要求她。

苏晓沐说："是啊，你的要求是对的。我没想过这些。"

我们静默许久。苏晓沐纯净通透，但这个世界始终肮脏一片。我是应该保护她让她远离世事，还是还原真实让她自行判断,这将是我长久面临的矛盾。

　　整整一周,我和苏晓沐都没通电话。在那天我离开之前,我就已经感觉到我们互相远离了。我花了很多力气靠近她,花了更多的力气让她依恋我,这些都敌不过她厚重从前的随手一戳。有时我觉得我们的感官都悬浮在空中,像另一个自己的阴影,即使躯体行动着,那阴影依然阴沉独立地判断着行动之外的另一个方向。

　　日影西斜,忙碌一天,我疲惫地合上材料,用手指按压眼睛。亿励集团马上要起诉我了,和新村地块的第二笔专用款项也已到账,开发即将进入实质阶段,还要参加任书记主持的区域经济发展研讨会,还有申裕和卡夏的案子……我忽然有种心力交瘁的感觉。

　　电话铃响了,秘书说有个叫苏晓沐的女士来访,我精神一振,急忙说请她进来。

　　门开了,苏晓沐脸色冷峻。我给她沏茶,苏晓沐说:"你别忙,我来是要问你些事的。我去见卡夏的律师了,律师告诉我,卡夏提出要见我,但是肯定见不到。作为指定律师,他的当事人见他都很难,何况见其他人。他说双方势力都很大,大到他很难帮到他的当事人。他告诉我卡夏的命运已经定了,有些人准备让她成为牺牲品,承担所有罪名;还有些人,就是你,想让她按照你的要求招认,然后她还是牺牲品!徐曦朗,你怎么可以把我当成诱饵?你竟然告诉她和你合作就可以见我!我想问你,她如果和你合作,你会让她见我吗?"

　　"不会,我不会再让她见你。"

　　"你竟然用这种手段骗她招供!你怎么能这么做?"

　　"为什么我会这么做?因为她犯了罪。她犯的是非常恶劣的罪行，偷资料什么的我都不说了，她试图杀我你懂吗？她还指使别人绑架许乐陶。杀人、绑架，你想过如果这些都是她策划的她会判多重吗？我可以告诉你，我非常恨她，你也知道有人想让她担罪名，如果我想让她死，只要我不管不动，任由对方这么做，她就死定了！但是我不想那样，我想还原事实的真相，我知道她一个人没有那么大能力，她背后肯定有人指挥。所以我利用你诱导她说实话，这对她只有好处。但是我不会让你见她，但凡她还有点儿人味儿，在你去找她的时候她就应该去救许乐陶！那样事情就不会发展到今天这一步！"

"徐曦朗，你还真把我当成三岁小孩儿了？你不是为了卡夏好，你是为了利用她的口供打倒你最大的对手。在我心里，你一直是特别温和、宽宏的人，可现在你真是让我害怕。她害你，她已经被抓起来了，她罪有应得，但你不能用同样的手段对待她。我一直站在你的一方，因为我认为你是对的，可你竟然利用我诱供，你和她有什么区别？！"

苏晓沐终于激怒了我，我站起身直视她的眼睛："我对任何人都抱着善良之心，包括对卡夏，可她呢？她要杀我！许乐陶这样无辜的女生她都能伤害而且毫无悔过之心，什么仇恨才值得这样？如果连这种差别你都看不清，我还有什么可以和你解释的！"

"你说你爱我，却因为你的目的和野心把我当成可以利用的工具。我的确不懂，你对我的爱是什么爱，我看不清这之间的差别。"

我望着苏晓沐，无言以对，一种无奈的痛苦与空洞穿胸而过。我忽然懂得了，有些伤痛是不可能痊愈的，它们总会在某些时刻亮出血淋淋的真相。

门被慢慢推开，许乐陶僵立在门前。她看到了苏晓沐，也看到了我，她的眼神充满迷惘。"她是谁？"

苏晓沐一怔，迅速平静下来，她立刻判断出许乐陶是何许人。她说："那就这样吧，你先处理你的事。"

她转身欲走，许乐陶挡在门前对我大喊："她是谁？什么叫她不懂你的爱？原来你是为她才和我分手的！"

许乐陶的声音里带着哭腔，我伸出手想去拉她，却没有移动脚步。我几乎在一瞬间下了决心，虽然我从不想伤害她。"她叫苏晓沐，是我爱的人，我就是为她才来到云河。她接我当天出了车祸，我到处找她也找不到，我不是故意骗你的，我们不久前才遇到……"

"骗子！骗子！"许乐陶歇斯底里地喊道。她的肩膀颤抖着，泪水滚滚滑落，突然转身向楼下跑去。

我迟疑一下，向苏晓沐说了声对不起追出门来。许乐陶进了电梯，我只差一步没进去，只好在楼梯间里狂奔。到了一楼追出大门，我看到许乐陶跑向马路，完全不顾自身安危。我向她冲过去，她的保镖也从另一个方向冲出来抱住了她，把她带到安全地带。

整个晚上，我都抱着许乐陶，我对她解释，听她诉说，守护她沉睡。我只能用这种方法让许乐陶慢慢减轻痛苦，不是许乐陶的错不是苏晓沐的错也不是我的错。我想起我们初识的那个雨天，她坐在吊角飞檐的青灰屋顶上挥着手喊我，我想起她气我作弄我、躲在我怀里偷笑，我们拥有的都是显而易见的快乐。

但我终究要离开她，回到苏晓沐身边。在我看到苏晓沐车祸记录的那一刻，我就发誓要用一生的爱护来补偿她。我曾想象苏晓沐醒来的时候，对着镜子，看到曾经美丽的容颜布满瑕疵，光头，拖着半瘸的腿，而自己期待的人已经和另一个女孩儿坠入情网。那种痛楚、绝望，她却只字未提。

校园的钟声响了，花香阵阵，和钟声一起在树影林间回荡。

许乐陶睁开眼,看了我一会儿问:"你是不会回到我身边了,是吗?"

我沉默不语。

"骗我也不行吗?"

"可以。但时间长了,你会一直让我骗吗?"

许乐陶慢慢从我怀里坐起来,望着头顶槐树茂密的枝杈。她叹了口气:"要是我们一直能这样坐着就好了。"

四、一点儿公正

黎明小心翼翼地绽放白光,像一注投影灯的光影,停靠在牟立新蜷起的身体上。在梦中,杨屹朵又出现了。他们平静对望,有些寒冷的光芒在空中横弋着。村庄,乡音,和风细雨,牟立新在梦中小心地不让自己惊醒。那些思绪又回到了愉悦的境界,家,永久的春天,绿色的藤蔓,枝叶俏丽摆动。

好长一段时间牟立新认为自己已经无视生死。但此刻,希望让他重新忐忑不安。因为我曾不止一次地叮嘱他:"记住,除了重伤保安,你没有其他罪名。你有最好的律师,我们会争取最好的结果。"

牟立新想,也许已经没有最好的结果了。就算法庭判他无罪,他的未来无非也就是在最基本的权利与人格被践踏蹂躏之后的苟且偷生。谁会还给他公正?谁会还给他原本幸福的生活?

个人有安居乐业的权利,政府有大的目标和方向,这些不是不可调和的。真正不可调和的矛盾在于,政府的目标与蓝图因为管理漏洞被某些拥有公权力的人滥用,造成掠夺与欺压,暴力与对抗。当有人打着公权力的旗号对老百姓实施暴力时,人们应该以什么样的方式保护自己?

法庭之外,很多学生正在向过往路人发早报,早报都被折向第五版的整版。大字标题是:品学兼优的高二学生在非法拘禁中被迫伤人,是谁毁了他的花季年华?下面是那幅上次未公布的照片,牟立新坐在高高的开腿木梯子上,手拿大喇叭,背后挂着"强烈抗议十谋县政府违规征地"的横幅。

  日前,记者走访了以高考升学率闻名于省内的县级重点高中,十谋一中。
  一中位于十谋县东南端优美的玉带河边,这所学校始建于1983年,学校有面光荣墙,上面挂满历年来考入清华北大等名校的学生榜,但记者此行却是为了了解十谋一中历史上第一位犯罪嫌疑人。他叫牟立新,原为高二学生,在十谋县永昌镇政府非法拘禁村民的冲突中,将保安打成重伤。
  2009年7月6日夜里,牟立新和其邻居四家遭到强拆,牟立新当场被强拆人员打成脾破裂,被村人送往县医院手术救治。第二天下午,他的母亲在自家废墟上捡拾东西,再一次被前来铲走废墟的强拆人员打成三处骨折。
  其后,几家人踏上漫漫上访路,从县到市,却一次次毫无结果。巨大的上访成本和压力让他们难以承受,无奈之下,他们只好四处寻求法律援助。
  7月29日,牟立新连同和新村六十多户被政府强征耕地的居民集体上访,在上访中和政府达成卖地协议以及强拆补偿协议。但是,四家被强拆的居民迟迟得不到任何补偿。8月20日，几家人在去镇政府追讨补偿时被强行扣压，村民得知此情况进县政府要人与保安们发生冲突，在冲突过程中，牟立新用钢筋把保安扎成重伤。

据悉，被扎成重伤的保安当时正在对牟立新的同学，一个女生大打出手。笔者走访学校时见到该女生左眼上有明显疤痕，女孩儿的胸部也被踢伤。"我当时站在路边，想帮助村民找镇政府负责人对话，没想到那个保安突然冲过来一棍子打到我头上，当时我眼前一黑就倒下了，血把左眼挡住，我还以为左眼被打瞎了。那保安继续过来抓住我的头发，狠狠踢我胸部。牟立新本来已经跑远了，他是见那保安打我而且我已经满脸是血他才冲回来扎伤了保安。"

牟立新的班主任说："牟立新原本是个品学兼优好学生。他稳重踏实，和同学们相处得很好，成绩也很稳定，一直排在班级前十名，年级前五十名。"

同学们对他的印象也是稳妥，愿意帮助别人，老实本分，踏实肯干。

"我们非常同情他的遭遇，希望法律能给予公正的判决，能给他重返校园的机会，学校是他的家，我们会一直等他回来。"十谋一中校长说。

记者采访了被牟立新扎成重伤的保安，一开始，他矢口否认打人，当我们给他看了现场录像，他又说那些人是罪犯。

当记者问他罪犯的概念是什么，他说让我们问领导，说他只晓得听领导的。"你在单位敢不听领导嘛？"他反问我们。我们问他如果领导错了呢，他说："我有啥办法？我也是受害者！我就是个小保安，领导让我干啥我就得干啥，你们去问领导不要为难我！"

记者问："你确定你打的那女孩儿是罪犯？"

保安说："我当时只知道他们是一伙的，和罪犯一伙不是罪犯是啥子？"

我们采访镇政府相关工作人员，没有人接受访问。

在群众上访之初，早报、晚报及都市报都跟踪报导过，记者却被县政府非法胁迫，照片与录像被强行删除。

我们不得不反思，是什么原因让一个品学兼优的花季少年一夜之间变成犯罪嫌疑人？是什么原因让身强力壮的保安对弱小的女孩儿也能残忍地大打出手最终自己沦为受害人？监督机制不完善的政府权力会演变成什么版本？某些领导干部又起到了什么作用？

我们已经走访了县医院，看到了全部牟立新和他母亲的病例。他们睡在自家床上，突然家被强拆，全家人再被拖到自家的院子里打成重伤，而直到现在，也没有人因为他们的无辜被害站在被告席上。牟立新走上被告席，不得不说是我们民主法治社会的伤感一幕。法律是社会安定的基础，它如何不被少数当权者滥用，如何在社会转型期体现它应有的公正，是我们应该深入思考并尽快着手解决的问题。

牟立新站在被告席上。他发现班里所有同学都来了，还有班主任、校长、团委老师，还有爸爸妈妈、姐姐姐夫、当初他联系的三名记者，还有许多和他一起并肩战斗过的乡亲。杨屹朵也来了，她眉骨旁的疤痕仍然很明显，她目光温和地和他对视。她旁边是战旭,他最好的哥们儿,战旭使劲儿冲他挥手,他点了点头。

开庭,有人在宣布法庭纪律,接着,审判长和审判员入席,法庭要求原告确认被告身份无误。

紧张让牟立新空晃晃的。他发现自己很难集中精力。他听到的语言全都变成了难以理解的声波。辩护人开始就当时情况进行陈述。和新村村民被非法拘禁,部分人冲出大门,受害人杨屹朵被保安打倒在地。牟立新已经跑远又返回,为阻止保安伤人,情急之下扎伤保安。被告方证人杨屹朵出庭作证,提供所有证据和医疗证明。被告律师又提出当时负责此事的伍镇长已经被刑拘并在狱中畏罪自杀。原告承认当时正对杨屹朵进行殴打,愿意接受庭外和解,并向法官呈上已经签署的和解协议。

辩护人再次对牟立新非法拘禁李明慧及其女儿陈温迪一案进行辩护。鉴于牟立新掌握了李明慧之夫陈伟良的犯罪证据,以非法拘禁的手段胁迫陈伟良说出犯罪事实,参与赢救受害人许乐陶,在赢救过程中双方均有立功表现。在非法拘禁过程中,除了限制受害人行动自由,未对受害人进行其他形式的伤害,情节较轻。原告方愿意接受庭外和解。

法庭依照案件发生情况及当事人双方的意见做最终考量。

牟立新茫然伫立。所有和他相关的人,家人、同学、老师都保持着令人难以置信的安静。时间几乎停滞了。法官开始宣判。

"牟立新伤害保安付加新一案,属于轻微刑事案件,鉴于案件成因的复杂性,以及双方意愿,同意双方庭外和解……非法拘禁李明慧及女儿陈温迪一案,在非法拘禁过程中,未造成严重后果,不宜追究被告方刑事责任,同意双方庭外和解,牟立新予以当庭释放……"

一股磅礴壮烈的声响突然出现在涌动的人流中,那是呐喊的声音!牟立新像被掏空内脏一样,他恍惚地冲出,在喧哗着伸向他的一只只手中艰难移动。他泪水滚滚,他的心中已经积蓄了太多的忧伤和彷徨。

我放下电话,久违的喜悦在内心膨胀。

我们,一群心怀公正的人,终于通过一些手段,得到了一点点公正,让牟立新被剥夺的,部分交还回他手中。

然而,即使牟立新现在回到学校,谁又能抚平他的伤痛?谁又能弥合他家人、村人、所有遭到伤害的人永远无法愈合的伤口?谁能阻止这本不该发生的一切?

他们依赖的土地,一千多亩良田和九百多亩坡地即将被砌满水泥,其他乡村、农田也不断被吞并。某些手握重权之人仍会以政府决策为冠冕堂皇的借口,用棍棒、挖掘机开路,为一己之私肆意伤害践踏抢掠。弱势群体在被压迫被欺凌被榨取的时候,大多数人选择隐忍与躲闪,因为他们知道,他们无法和恶势力抗衡。他们不得不认清残酷的现实,为了活着,他们只能在那些人的脚下悲吟。

还好,我看到了公正与良心。牟立新、杨屹朵、战旭,学校的老师和同学们,专案组的同志,为我方诉讼的律师们,还有那些和牟立新站在一起的村民们。

有健康的土壤就会培养出勇敢正直的人群。他们和我们,都是未来的尊严与希望。

五、真相大白

苏晓沐奔波数天,只看清了一个事实,她无法见到卡夏,更无法改变卡夏的命运。费了九牛二虎之力,刘律师才见了卡夏两次,虽然见面时间短,刘律师还是把利害交代清楚。卡夏权衡再三,终于提出要见我。

我却不想再见卡夏。我告诉刘律师,现在卡夏只能自己救自己。如果她愿意当这个牺牲品,或者自己把自己搞死在监狱里,或者被别人搞死在监狱里,对我已经无关紧要。

和新村地块已经正式奠基,市委书记任达亲自剪彩。申裕、艾尔·琼森就算放出来,对我也不可能构成任何威胁。如果她真想合作,那就得先拿出态度,该揪谁揪谁。如果我看到诚意,也许会考虑撤销对她的部分诉讼。

刘律师却说,卡夏不要求撤销诉讼,也不要求见况思含,她只想见我。至于我要的态度,她会立刻表明。

卡夏开口,十谋县土地竞标腐败案有了重大突破。伍利的望海阁洗浴中心全部是由 GBD 公司的前身设计完成,虽然现在改换门庭,实际上 GBD 公司早与十谋县各级领导有染。四年前,前 GBD 公司设计了十谋县政府接待办事处仙梦奇缘,成为仙女山一景,而这一切关系背后牵扯出一个新的关键人物——彭济元。

卡夏偷窃亿劢的竞标资料,由彭济元、卡夏及 GBD 公司设计人员再加工,那些让 GBD 公司遥遥领先的深厚人文关怀的创意,全部出自彭济元之手。但卡夏去彭济元公司时日不长,彭济元如何与 GBD 公司勾结,到底两家是什么关系,她却说不清楚。

专案组立刻对彭济元下了拘捕令,却发现彭济元早已在一个月前悄无声息地出国并转移了财产。专案组提审艾尔·琼森,又对彭济元公司的员工进行调查,发现彭济元与艾尔·琼森早有合作,但原始文件已经全部被彭济元销毁。在艾尔·琼森申请司法保护之前,专案组搜查了艾尔·琼森的住地,发现了一份重要合同。彭济元是竞地的主要操作者之一,中元公司与 GBD 公司合出一千万美元，划拨给申裕在国外的儿女，由申裕保证 GBD 公司竞标成功。竞标成功后，中元公司占项目股份百分之四十，GBD 公司占百分之三十八，其余百分之二十二由 GBD 加拿大子公司划拨给申裕的亲属。

真是好大的胃口！当初我以为彭济元通过芬姐的关系，接了亿劢公司的上千万设计费就没有害我的理由，可真是太小看他了。

卡夏还交代了另一个细节，说把我骗到仙霞湖打下水都是彭济元的主意。第一次去仙霞湖是卡夏提议的，卡夏说本是想利用我寻找苏晓沐，她特意让彭济元安排了那个视角。当初那艘游艇，就是艾尔·琼森名下的。至于绑架许乐陶，因为卡夏当时已经被控制，所以她完全不知情，卡夏说一定也是彭济元的主意，可能是我大难不死，让艾尔·琼森和彭济元措手不及才出此下策。反正彭济元已经跑了，一切都死无对证。卡夏终于想起要拼命推卸责任了。

因为卡夏的供词，芬姐好几天没睡着觉，向我道了十几次歉。有时我想，人和人之间的关系就是很奇妙，抛开合作关系，我和芬姐是真正互相欣赏的朋友。当初我认识彭济元和卡夏，对这两人也都抱着欣赏接纳之心，但最终的区别是，对于他们，友情廉价。

申裕和艾尔·琼森再难翻案，一切尘埃落定。但最初卡夏带给我的疑惑仍在。我来到看守所见卡夏，不知为什么，我的心里涌起一丝不祥的预感。我提醒自己，卡夏肯定不会平白无故想见我，我们之间连着同一个女人。

卡夏走了进来，坐在我面前的椅子上。我眯起眼，阳光恰好落上她的脸颊，把她的侧脸勾勒得完美无瑕。我们并不陌生，却彼此陌生地细细打量。她还是那么精致，脸色有些憔悴，却更增神秘的味道。

"想谈什么？"

"我们都有疑问。"

"你先问。"

"好，你保证真实地回答我，然后，我也会真实地回答你。"

我没有立刻搭腔，想着这句话里是不是有陷阱。转念一想，她怎知我的回答是真是假，说真说假她又能怎样？

"好啊。"我点点头。

"我想知道，况思含出车祸的时间和地点。"

我一怔。我想过她可能问的所有问题，唯独没有这句。

"我希望你能告诉我真话，因为这和之后我要回答你的问题相关。你知道，见到况思含的时候，我已经在监狱里了，我没法打听她的任何情况，她也不会和我讲。我只能等着这一天，来问你。"

我注视着她，不祥的预感再一次袭来，从她脸上却看不出迹象。她总不会因为况思含接我出了车祸想要置我于死地吧？不过，我不可能让她牵着鼻子走。

"这个，她说过，但我没记住具体是哪一天，应该是七月份吧。那位置我也没记住，我又不熟悉你们这里，我的确没法告诉你。"

"你在撒谎。我说过，这个问题和你之后问我的问题相关，你不想回答，我也无法回答你。你不想知道我是怎么找到你的吗？不想知道我是怎么进彭济元公司的吗？当然，我无所谓，你不想说，我们的见面就到此为止。就让我们内心各自保有遗憾吧！"

我们的目光滚烫地胶着在一起，像水流在聚集又瞬间化为白气。

"好吧，那就到此为止。"我平静地站起身，准备叫警卫。我在等待最后的机会。

果然，卡夏耐不住了，她说："是7月5号，你到云河的那天，是吗？"

我面无表情，心房却剧烈地颤动了一下。

"你不想知道那天我在哪儿，她又在哪儿吗？"

难道真是苏晓沐告诉卡夏的？不可能！我的头一阵眩晕，心突突乱跳，喉咙里艰涩地蹦出几个字："这么说，你们在一起？"

"不不，没有，绝对没有，我向你保证，从她离开云河我就一直在找她，找了三年都没找到。所以我才把你引到仙霞湖，因为我想她有可能会在那儿出现，但我的财力人力都不及你，利用你比我自己找更有效率。你看，你问的所有问题我都如实回答，而我告诉你的肯定要比你告诉我的多得多。我只想知道，她大概几点出的车祸，在什么地点？"

卡夏的回答让我长出一口气。她的语气很真诚，我相信她说了实话。只要她俩没在一起，只要不是苏晓沐告诉她我的情况，其他什么我都无所谓。

"昆锦公路锦山完河乡路段，汽车掉下六米深的山沟。报警时间我记得是晚6点06分，车祸大概发生在报警前十分钟左右。"我也说了实话。

卡夏点点头，陷入沉思。她想了好久，一会儿皱眉，一会儿眉宇舒展，想了几个来回的样子，她的脸上逐渐逐渐展现出笑容，那笑容由淡转浓，由浅入深，越来越甜美，越来越温馨。突然，卡夏爆发出大笑。她的笑声极其疯狂，肆无忌惮，她像看一件有趣的物件一样看着我，她甚至笑出了眼泪。

我毛骨悚然。

她的大笑终于停下来，喘着气，揶揄地望着我说："你问吧，问什么我答什么。"

"7月5号你在哪里?你怎么知道她哪天出车祸的?怎么知道我的?怎么去的彭济元的公司?怎么知道彭济元一定会和我合作?"

"很简单,因为7月5号她去接你的时候,我就在她家楼下。"卡夏顿了顿,像是说书人故意调拨起听众兴趣一样接着说,"你知道,我一直在找她,她离开云河的时候,连她最好的朋友都没告诉,这是我没想到的。后来大家都传她出了国,我也信以为真,但我知道,只要她父母还在这里,她总有回来的一天。而且只要她回来,就肯定会和她最好的朋友,我的老师联系……"

"孟老师?孟娜?"

"你知道的不少。是啊,这三年来,有空我就去找孟老师,盼着哪天况思含突然和她联系。大概6月中旬吧,有一天我梦到况思含了,很奇怪,我好久没做这种梦了,非常真实。现在回想起来,那时候她肯定是回来了。人真是有感应啊!

"那个周末我约孟老师出来吃饭,孟老师说孩子有课,我就感觉到哪里不一样,是语气语感还是什么别的,我也说不清楚。第二个周末又约孟老师,她还是说有事,其实以前她也这样,但就是觉得哪里不一样。

"我心里特别不踏实。我知道'七一'那天我们学校有活动,特意早下班去学校找孟老师,问她是不是有况思含的消息了。孟老师告诉我没有,但面对面,我能看出不同,眼神、面部线条,那些很细微的差异,我们学画的对这些有天生的敏感。原来我和况思含在一起时,孟老师就没少反对,但这三年来,我觉得孟老师已经看出我的真心,至少是对我有了点儿同情。如果这点儿同情突然有了变化,只有一种可能——她已经知道了况思含的态度。

"7月4号是周六,我中午去况思含家敲门。敲了半天,确定家里没人,又去敲她邻居家,邻居家也没人。回家后,我越想越绝望,我感觉她真的不会再回到我身边了。找不到她的时候,反倒有希望,现在有了线索,却没希望了。我想最终还是得让孟老师帮我。

"第二天我给孟老师打电话,就是5号那天,孟老师的手机接不通。我突然反应过来,孟老师把我号码放黑名单了。况思含刚走的时候,我缠孟老师可比现在厉害多了,她从来都没屏蔽过我,现在突然把我放进黑名单,说明什么?说明她一定知道况思含在哪儿。我当时灵光乍现,骑着摩托去况思含家,她不在家,又敲她邻居的门,邻居说好像有人回来过。我去找物业问,果然问到了,因为她在物业办过停车位。我终于拿到了她的手机号,立刻给她打电话,打了三次她都没接,最后两次是挂断的。她不接陌生号码,我就给她发短信。我告诉她是我,我知道她回来了,我想见她。然后我再打电话,她仍然挂断。一会儿她给我回了短信,说她在接未婚夫的路上,请我以后不要再打扰她。

"我发短信说,我在仙霞湖我们原来写生的地方等她,如果她不来见我,今晚我肯定跳下仙霞湖,这辈子她连我的尸体都看不到,仙霞湖里自杀的人从来都是找不到尸体的。发完短信我骑车向仙霞湖走,大概有半个小时吧,况思含来电话了。我知道她还在乎我,但我没接,继续骑。隔一会儿,手机又响了,我还是不接。骑了一个多小时,她不再打电话了。那时我已经骑过锦山,到白坡了……"

"什么?!你说什么锦山?白坡?"我的眼前突然一片漆黑,仿佛一张血盆巨口咬住我,开始吞噬、饱尝我新鲜的生命。

卡夏的眼睛更亮了,闪烁着喜悦的光芒:"你不知道吗?锦山,是通往仙霞湖的必经之路……"

我的耳边嗡嗡作响。苏晓沐的父母退休后一直住在玉澜，我以为她是从父母那里回来，因车祸地点未在云河境内所以我才没查到。可卡夏却说她在云河的家？！我心思迷乱头脑混沌，恍惚中卡夏仍在我耳边絮絮而语。

"她不给我打电话，我开始害怕了，我打回去，发现她的电话不通了。我第一个反应是她终于放弃我了。我停下车不断打她电话，始终不通。我开始哭，觉得一切都完了。可我不甘心，我想我一定要回去见她一面，要么当着你的面把她抢走，要么杀了我自己。我一路狂奔回机场，回来时没发现有车祸，或者是当时已经处理完了，或者是我根本没注意。我边骑边想，以她的性格，如果我去自杀，她不可能把我电话放到黑名单。但她的电话无法接通，我找不到她，你们岂不是都找不到她？我到机场时已经八点了，她的电话仍然不通。我听到广播里播寻人启事，有人找苏晓沐。我虽然不知道况思含就是苏晓沐，但我知道她妈妈姓苏，立刻就把苏晓沐和况思含联系在一起了。我到广播室，看到你拖着箱子没头苍蝇一样到处走，一会儿报案，一会儿打交通局电话。其实我也在想她是不是出了车祸，不过我想既然你已经想到了，盯住你就能找到她。后来有辆政府牌照的车接你去云河饭店住下，我跟着你，看那女的陪你办了手续，又把车钥匙留给你。我见你和政府的人联系那么多，如果况思含出了车祸，你肯定能查到，你没查到，我就相信是她走了。她向来擅长逃跑，如果真是那样，说明我还有戏。总之想要找到况思含，就必须盯住你。

"第二天我早早过来，跟住你的车，从市政府跟到云河湖边的酒吧，看到彭济元下车，那女的介绍你俩认识。彭济元鼎鼎大名，他不认识我我认识他，我当机立断，跳槽到他的公司。我在业内也是小有名气，而且正在一家国际广告公司，工资待遇比中元公司高。彭济元老奸巨猾，猜到我跳槽肯定有目的。他说如果我不说实话他是不会接收我的，他怕我是商业间谍。我只好告诉他是因为你，但什么原因我不能说。他问我拿什么表示我的忠心，我说什么都可以。再后来的事你都知道了。"

我瞪着卡夏，卡夏微笑着注视我，像是看穿了我的心思。她长出了口气："我劝你，再去趟交通局，问一下当时她开车的朝向。如果她的方向是仙霞湖，那我只能告诉你，她不见你是对的，因为最终她选择的，是我。"

有什么东西在心中染红，浪一般翻涌。我的脚底是悬崖，那些答案的轮廓突然变得清晰，卡夏眸子里的光芒几乎把我毁灭。我踉跄转身向外走。

"享受你的报应吧。"我说。

她在我背后哈哈大笑。

六、爱与伤害

况思含走出她的工作室，默默看着我，她的眼睛里有一层光亮的质感。她思索的神情变幻流动，沉醉而迷惘，这才是她。她始终是况思含。

那天，她回到她们的时光里，她的回忆一点点明亮，她们废弃的墙垣边，花儿重新开放，蝶儿飞舞，她风般奔向她，把我遗漏遗忘在身后。

我看着她，满怀悲伤。我无处安放那彷徨无助的巨大痛感，她摘掉了我的心。

"你接到她的短信，不知所措。那时你开到哪里了？最终你想在QQ上给我留言，却不知道该从何讲起，但你心里已经有了答案。你换了QQ秀,那个悲伤的形象,就是你的决定。此恨绵绵无绝期,你觉得对不起我,你歉疚,你无法说明,但还是要去追她。你从没告诉过我你的真实姓名,你想把你珍贵的从前全都封存在一个角落里,不许别人碰。你也从没告诉过我你家的地址和固定电话。在三亚玩的时候,你只给我们照相,在我想找你的时候,连一张你的照片都拿不出来!你有一个手机是专门打给我的,但你的另一个手机,是在云河打给你父母好友的,为什么?就因为我是个男人!你从未相信过我!哪怕我掏出我的心来你都得掩鼻后退!你随时防着我,以免我伤害你。你怎么能让我以为你是为了接我才掉下悬崖的,你知道这样有多伤害我吗?!"

况思含目光散乱,她脖子僵硬,用尽力气,却许久未发一言。慢慢的,她脸上泛起严寒,属于情感的部分在衰减,取而代之的是一种坚毅。"对不起,不过在我的记忆里,我从未说明是为了接你才摔下去的。就算是为了接你,我也不会把车祸和接你联系起来,因为我并不想因为车祸而期待你对我做什么,不然我早就联系你了。"

我心中泛起一阵寒意,理智回归,我什么时候把她当成女朋友一样对待了?她的身体离我那么远,哪怕一只手,也没有过依存我的一刻。我只是她随手可以获取或丢弃的物件,她现在准备丢弃我了。

"你说的可能都有道理。我当时没法和你联系,后来我决定去找她,但我觉得特别对不起你。看到个网吧我急忙进去,想打字快些在QQ上和你说清楚这件事,但真的上去了我却什么也写不出来。我就换了秀,因为我的确不知道我见过她之后会什么样。她,我们,和你,不是一样的人。我知道她真的会去死,我不能眼睁睁地看她去一个连尸体都找不到的湖里寻死!我只是想救她的命,不让她绝望,你懂吗?就像你去陪许乐陶而我从未怀疑过你对我的感情！对不起，对不起，这不是我想说的。是的，我也不知道在那之后我们能不能继续交往，当时我没法在那么短时间里判断出那么多。"

"是啊，在我到这里的第一天就被我爱的人弃如敝屣，我去报案去学校，满大街游荡，你的名字是假的电话是假的什么都是假的！许乐陶在我最绝望的时候出现在我身边安慰我，陪伴我，而我为了你却无情地抛弃她，伤害她！况思含，你一直为你的过去保留着最宝贵的位置。我，只是你为了你的家庭、亲人、朋友邻居总之除你而外的不得已的选择，无论她多么狠毒、卑鄙，你都为这样一个人下意识地抗拒着我。我无法接受。从现在起，我们再无关系。我爱你一场，不能对不起你，我撤销我个人对卡夏的刑事诉讼。"

我站起身向外走，走到门旁停了一下。我多希望她能拦住我，哪怕是骂我，反驳我，哪怕是出一点儿声音。

她真的没有在乎过我。绝望中我拉开门，毫不犹豫地奔下楼去。

我开车左右穿插，争分夺秒。飘忽的花香中，我想我们多久没有通电话了？是十五天还是二十天？几天前我还在酸楚而侥幸地想她终于忘了我了，终于不缠我了。

我开进崇大校门，到她楼下停车，一边往宿舍冲一边打她电话。她的电话通了，没接。我到她宿舍楼下让宿管找她，宿舍没人。

我转身下楼，坐在楼外大门口的长椅上，一遍遍打她电话，又走到金黄的银杏树下踩踏厚厚的落叶。

好久啊。好久。天黑了。

我的手机突然响起来，我急忙接通，传来许乐陶的声音：

"我才看到电话,怎么了你?"

"你在哪里?"

"我在二教楼下的小卖部,烤肠那里,刚才在自习,手机静音了。"

"你等着,我立刻到。"

我到的时候,一个高大帅气的男生正大步流星地走过去把两根烤肠递给许乐陶,又递给她一张纸巾。看到我来了,他和许乐陶默契地对视一下,随即远远走开。寒冷的时光沉寂消逝,空气中迷漫着令人垂涎的胡椒、辣椒和香肠的香气。我惊讶地看到许乐陶沉默单调的表情,在我的记忆里,此刻她的脸上应该是幸福满满,傻傻笑着,接过一串串香气四溢的烤肠,鼓着小嘴喜气洋洋,边吃还要边瞄着烤箱里转着的那些。

"你要走了,是吗?"许乐陶迎上来问。

听到她如此问,我忽然意识到她对我已经再无期待。我傻傻站在她对面,不知该如何回答。

是啊,我还能在这里待多久?不会很久了。她要的爱情只是一个十八岁女孩儿最简单不过的陪伴,听她唧唧喳喳,和她腻腻歪歪,分享小秘密,看场打折电影,吃好吃的路边摊,一起开心傻笑一起学习一起吃饭,而不是在某座豪华的大房子里等一个疲惫不堪的人回家。

"什么时候走?"

"具体时间还没定。"我的心又开始一阵阵疼痛,我在想念和愤恨苏晓沐。

许乐陶望着我。在这寒冷的冬夜,她的目光像轻柔的手掠过我的脸颊。她的一双大眼睛明亮却有些悲伤地注视着我,她走上前来拉住我,她的手热乎乎的。"你什么都要好好的,不用对我歉疚，反正……至少三年之内，我就在这里。"

她紧咬下唇，有些犹疑地靠过来亲了亲我的脸。我退缩了一下，但立刻就感受到她嘴唇的温暖。潮水徐徐令人心碎，我闭上眼睛回味。我想我可以这么无耻吗？可不可以利用她此刻的柔情更长久地霸占她的爱？我又能给她什么呢？

我向她挥手告别。路灯闪烁，过往车辆像光滑迅捷的鱼群照亮道路。钟声再次传来，将声音投向树影。我打开车门，背后的学生们在喧闹，那些欢乐的声音伴着沙沙的风不断涌起。我忍不住回过头，已经看不见许乐陶了。

尾 声

一、忧患的现实

在和新村地块动工之后,我和亿劢公司庭外和解。我们商定了新的合作协议,我们的建设方案保留使用亿劢公司的技术和产品,他们可以继续建设他们在大西南的产业基地。

宋久福仍然在逃,许乐陶还是坚持让我撤了保镖。我把崇原的一切事务交给梁凯打理,离开了这座没有四季的城市。离开之前,我去仙霞湖边找到了小毛,把五万块钱交给他。

他连连摇头,却说不出话,眼神里全是疑惑和戒备。我说,拿着吧,绝对不会有人再来找你麻烦了,人到底还是让你找到了。

小毛低下头,错过眼神不和我对视,我想他应该怨恨我很久了,他在衡量他所承受的一切到底是值还是不值。

况思含没再和我联系。虽然我撤销了对卡夏的刑事诉讼，她还是被判了五年。五年，让她们重逢去吧。那时我早就忘了况思含抑或苏晓沐到底是谁。

我在世界各地工作、行走，关注地产业的发展与争论的逐步升级。有人说中国的房地产泡沫巨大，有人认为不存在泡沫。有个著名经济学家说，中国楼市就算有泡沫也是钢做的，用什么都扎不破。

国外经济学家认为，中国房地产泡沫不破裂，将进一步扩大财富的两极分化。房地产泡沫最显著的恶果是它的社会财富再分配效应，土地的大幅度升值给各种形式的土地持有人带来的财富不可能是无中生有，而是来源于非土地持有者的相对贫困化。

2010年1月29日，《国有土地上房屋征收与补偿条例（征求意见稿）》正式向公众公开征求意见。12月15日，在第一次征询修改的基础上，国务院法制办再度就二次征求意见稿公开征求意见，成为我国立法史上第一个两次征求意见的条例。从此，备受争议的行政强拆被废除，代之以法院强拆。

我也不知道执行"法院强拆"之后，全国的强拆案是会被遏制还是继续换汤不换药。2010年年底，最引人注目的和土地纠纷有关的事件就是一位姓钱的村支书，被一辆大卡车以奇怪的姿势压断了脖子，当场死亡。事发时，录像监控设备全都没开或是坏掉，网上引起大范围猜测，各界著名文化先锋们纷纷发表了对此事件的评论，最后经公安机关调查，此事真的纯属交通意外。

2011年，多个城市出台限购令，房地产业进入寒冬。

中国的耕地每天都在减少，2010年统计数字为十五亿亩，美国根据卫星照片推算中国有二十二亿亩，联合国公布的中国土地数为十九亿亩。土地是一种不可再生的自然资源。在没有任何干扰的情况下，再生二十五毫米的土表就需要三百年。这个时间和我们破坏的速度相比，几乎等同于无。我不知道，未来我们的后代，该拿什么来生活。

二、回到海南

两年，崇原的楼宇已经拔地而起，我也习惯了各种喧闹的城市。

我不再触碰有关那块地的任何回忆，也不再提及伤心往事。我找不同的女友，窝在形形色色的女人中间，听她们在我耳边喧哗。她们有的对生活厌倦，有的叛逆，有的无知。我们互相冷眼旁观，临时陪伴，迅速分离。我徜徉在那些热辣的、孕育无限幻想与可能的事物之中，忘记那些被时间遗弃的爱恨缘由。

就是这样一个时代，貌似繁荣实际疲惫虚弱。无数人谈着扩张、先驱，却只图眼前享乐，有识之士大都和理想貌合神离。制度虽然也在改变，却是以一种类似生物种群进化的缓慢速度。

这个冬天，我回到海南，参加雨珊和小杜的婚礼。他俩当初在三亚一见钟情，鸿来雁去，现在终于准备结婚了。师兄也带着太太付敏回来帮着忙活，大家粘在一起，白天出海，晚上喝酒，天天寻欢，夜夜笙歌，无牵无挂。

雨珊问我："你和苏晓沐还有联系吗？"

我摇摇头。

"她去年拿了国际大奖，上个月在北京开画展，现在可是炙手可热，有空看看她的微博吧。对了，她还单身呢，你俩到底是怎么回事？"

"人家看不上我。"

"看不上也不至于连朋友都做不成吧？我请她来参加婚礼，你可要把握机会哦。"

回家打开电脑，输入苏晓沐三个字。

看来她是真改名字了，上万条消息一下蹦出来。我点开一条画展的信息，进入网页，一眼就看到那幅熟悉的画作。

那些冰冷扭曲的暗黑色云霞，在峰顶匍匐牵绊，堆砌成团或单薄成影。血红的夕阳混浊而伤感，中心像是一团火焰，发出微弱的余晖。

像是装满记忆的器皿，那些记忆里的声音，突然以诡异的姿态复制、泄漏，细密地满溢，如墙壁上暖暖的光影。现在我终于确定，我爱过她，爱得彻骨，恨得彻骨。

不过，这幅画已经不是她的代表作了。她现在最引人注目的一组作品叫《爱情》。这是一组不拍卖的作品，在欧洲展出时引起轰动，评论说：缺失的线条，夸张的表现，用个性鲜明的隐喻、中性的美感，展现出在爱情中孤注一掷的较量、昙花一现的璀璨和在所难免的创伤……

我看不懂评论，更看不懂那一组三幅的画作，从电脑屏幕上也看不出油彩的层次，只觉得整组作品都晦涩难懂。

看来她真成大艺术家了。越伟大的艺术，常人越看不懂。

某个午后，我从宿醉中醒来，风卷来天空中鸽子的哨音，碎云从树尖上渐渐散去。我只睁了一下眼，又闭上，斑斓的光在眼皮上跳动。客厅里有窸窣的脚步声，细若游丝的谈话声，我隐隐听到雨珊娇笑，付敏大笑，所有人都那么欢乐，只有我守着空旷而巨大的寂寞。我懒得醒来,在半梦半醒中,《爱情》在画布上的形状闯入脑海。两个蜗牛般的人形在缓慢的时间中蠕动,抛掷,突围,挣扎喧嚣后的沉寂。瓷白的时光,天穹很远,张着巨眼留意,生命不知奔向哪里。

再醒来时,大雨滂沱,正在窗玻璃上川流不息。一些带着光的水点洒下来,让我产生了错觉,我正躺在雨水遍布的画框里打量世界。翻身站起来,我拖着懒洋洋的腿走进客厅,突然僵立当地。她抬起头,目光落在我身上,雨珊的两只手正把她的手握在膝上,两人脸上都溢满笑意。

她的腰肢微弯,那优美的线条在灰暗的下午显得清晰明快,高空卷云的光线覆盖了她臂膀的肌肤。沉重的积雨云层就在窗外,电视里一群人摇来晃去。烟囱,高楼,模糊的树影,汽车轧过雨水呼啸而过的轰鸣。我意识到因为她的到来,命运有了一个令人惊叹的转折。一怔之下,我张开双臂,像个老朋友一样迎上去。

她站起身,也环抱住我,那力度和方式,不合逻辑,也非记忆。我忽然发现,我竟然以从前梦想的方式和她紧紧相拥,那记忆的幻影和眩晕如同潮水,一波波袭来,把我们像孩子一样紧紧包围。

图书在版编目（CIP）数据

造城时代的爱情／姜竹青著．—北京：群众出版社，2014.1
ISBN 978-7-5014-5176-0
Ⅰ.①造… Ⅱ.①姜… Ⅲ.①长篇小说—中国—当代 Ⅳ.①I247.5
中国版本图书馆 CIP 数据核字（2013）第 226828 号

造城时代的爱情
姜竹青　著

出版发行：	群众出版社
地　　址：	北京市西城区木樨地南里
邮政编码：	100038
经　　销：	新华书店
印　　刷：	北京通天印刷有限责任公司
版　　次：	2014 年 1 月第 1 版
印　　次：	2014 年 1 月第 1 次
印　　张：	7
开　　本：	880 毫米×1230 毫米　1/32
字　　数：	200 千字
书　　号：	ISBN 978-7-5014-5176-0
定　　价：	20.00 元
网　　址：	www.qzcbs.com
电子邮箱：	qzcbs@sohu.com

营销中心电话：010-83903254
读者服务部电话（门市）：010-83903257
警官读者俱乐部电话（网购、邮购）：010-83903253
文艺分社电话：010-83901330　　010-83903973

本社图书出现印装质量问题，由本社负责退换
版权所有　　侵权必究